1　鯨の舞う空の下で（杜屋）

空鯨の纏う魔素の欠片が、粉雪のように降り続く夜だった。

暈の掛かった月に半身を照らされながら、王城の周りをゆったりと遊弋する巨鯨の姿。その姿は、この国に魔素の恵みと神界の庇護を齎す、王国の栄光の証であるはずだった。――だが彼女が今宵限り、もう再びこの国の空を舞う日は来ないということを、王国の民全てが理解していた。

年老いた雌鯨は、名残を惜しむようにその優美な鰭を閃かせると、眼下の人々に惜しみなく魔素を分け与えた。それは過ちを犯した王国の民への、最後の贈り物だったのだろう。

そう――私たちは、罪を犯したのだった。この世界には決して存在してはならない、理《ことわり》の外にある異物を招き入れるという罪を。だが空鯨の庇護と魔素の力を以てしても帝国の侵攻を、眼前に迫った王国の滅びを食い止めることはできなかったのだ。

だから私たちは、この世界の「外」に救いを求めた。

私――リードルフ王国第一王女ティルギット・リードルフは、祭壇の階《きざはし》を上り終え、壇上に歩を進めた。

炬火が一斉に灯され、壇上は眩いばかりの灯影に満たされた。見れば、狼頭人身の悍ましい神官たちが、赤々と燃える松明を捧持して左右に列をなしている。

壇上には供儀台と、供物を焼くための炉が設えられていた。

そして行く手には、底の見えない闇が揺蕩っている。――これが、異界への「門」だった。

我々の希望は――帝国の野望を撃ち砕くべき異界の英雄は、この先にいるはずだった。だが、私は彼に出会うことはできない。

「門」の封印を破るには、代々「門」の封印を司ってきた我が王家の血が必要なのだった。

国難の時にあたって、現国王たる父を失うわけにはいかない。弟は王位継承者だ。となると、残っているのは私しかいなかった。

――私はふと、空を振り仰いだ。

空鯨はまだそこにいた。呻くような鳴き声を上げ、私の頭上を過ぎりながら、盛んに魔素を振りまいている。

燦めきながら壇上に舞い落ちた魔素は、しかし炬火に炙られて他愛もなく溶けていく。つまりはそれが、私たちの選んだ道だった。

供儀台の前で、神官が吼えた。狼の口から発せられた彼らの言葉は全く理解出来なかったが、急かされていることだけは確かだった。

他方祭壇の下では、雲霞の如く集まった民たちが口々に私の名を呼んでいる。それは私の死を悲しんでいるのか、儀式の成功に期待を寄せているのか、私にはわからなかった。

いずれにせよ、私の物語はここで終わる。この国のことは、現れた「勇者」と父がなんとかしてくれるだろう。だがそれはもう、私には関係のない話だ。

そして私は、供儀台に向かって歩み――

2　神様は無精髭（シ）

無精髭のみすぼらしい男が立っている。

「やあ、気付いたね王女様。お名前は?」

白銀の部屋であった。神の住む館にふさわしい、穢れなき聖域。どうしてこんなところに立っているのか。儀式は？　門の封印は？　勇者は？

「あれ、まだ意識が怪しい？　お名前を聞いてるんだけどな？」

男は無粋だ。衣だけは白いが、ボサボサの髪、眼に何か透明なものをはめ込んでいる。そもそも王族に名を問うなら先ずは名乗るべきであろう。だがここでそれを問うことは不適切だと直感した。

「ティルギット……です」

名乗ることで背筋を正さないと状況に負ける。私は王女。王家を背負っているのだ。

「オーケー。僕は博士課程二年のハインリッヒ・ユーゲンクルツだ。よろしく」

ハカセ……カテイ？？？

「ソフトウェア工学専攻で、今は精神階層を研究している。っと、どこから説明したらいいかな？　君の主な経験はなに？」

「あの、勇者様は……？」

「ああ、そうね。話が早い。勇者になるために君はここに来たんだよね。そのためには上部メンタルの改変が必要だ。僕がそれを担当するってことだ」

「私が？」

「そう、君が勇者。世界を救うためのヒーロー……じゃない、ヒロインか」

「なにかの間違いではないですか、私は王の血をひくものとして、門を開けて勇者様を連れに参ったのですが」

「だから君が勇者になって戻るってことさ。王とか勇者ってのは精神階層の最上位だからね。外部属性だから簡単に書き換えられる。ちょっと準備してくるから三分くらい待っててね」

状況が飲み込めないし、なんとも一方的だ。ここは門の向こうなのか？　あの男は何なのか？

遠くから叫び声がする。

――教授！　ちゃんと立ち会ってくださいよ。また倫理審査でガタガタ言われますよ！

ほどなくボサボサ男は紙束と戻ってきて、パイプ椅子に腰掛けた。

「法律上、説明が必要だから我慢して聞いてね。質問があったらいつでもどうぞ。ではまず……」

魂というのは情報。核になる部分をOSとして階層化されている。東洋の文化では魂は神のもとへ還るのではなく、何度も生まれ変わって経験を積むのだという。生きて死ぬたびに魂は膨れ上がり、やがて十分に膨れ上がったらOSごと分裂して二つの魂になり、またそれぞれが経験を積む。

「でも今回は違うんだ。君は王女という生の途中で、その記憶を持ったまま勇者になる。つまり社会の中の役割が変わるだけで、君の価値観は何も変わらない。やることもスキンを少し調整して勇者っぽくするだけだ。そのあたりが研究の新しいところでね。詳しくはこれ読んでもらえるといいけど。同意できたらここにサインしてね」

ハインリッヒは当然のように言った。

「僕はゲームも好きだから、謝礼の代わりに好きなボーナススキルもつけるよ。何がいい？」

3　勇者は意味がわからない（藤木）

「あの、本当におっしゃっている意味がよく分かりませんし、げ、げーむ？　ボーナス？　スキル？　とはいうのは一体何のことでしょう」

ティルギットは渡された紙をまじまじと眺めながら、そしてもう一言付け足す。

「何よりもこの紙に書いてある言葉は一体何語なのでしょうか？」

そこには、見たこともない文字が整然と並んでいる。リードルフ王国で使っていた言語は、共用語のラグリア語であったはずだ。

それと同時に、隣国のゾルガイド語や少数民族のみが使うエンティクナ語など、それなりに教養として身につけてきたと自負しているが、それでもそれはまったく初めてみる言語であった。

「あれ？　おかしいな。なんか認識阻害でもかかってるか？」

男はふむ、と少し考え込んで、目の前に浮かぶなにやら四角い箱へ向かって呟く。

「勇者の資格を得る条件は整っているな。その条件、ここに来る理由、それもすべてクリアだ。とすると、ここに来る間になにかあったかな。この辺りっぽいけど」

ぶつぶつと呟きながら、彼が手を滑らせるといくつもの光が自分の周囲を駆け抜けていく。

しばらくそんなことが続いたが、彼ははあ、と大きく一つため息をついた。

「ダメだな。どこかでおかしなことになってる。おい、パウルくん、ちょっとこれ」

『いやあの、お願いですからもうちょっと彼女に構ってやってください。本当に彼女は理解が出来ていないようです。このままでは契約どころではないですよ。下手をすると消えてしまう』

「確かにそれはまずいな。よし。仕方ないからちゃんとした手順を踏もう」

『初めからやってあげてください。可哀想に。これだけ精神的にブレてしまっては、話し合いにもなりませんよ』

何やら続くやりとりを、ティルギットはただぼんやりと眺める。

本当にいったい、何が起こっているのか。

自分はもうとっくに死んでいなくてはおかしいのに。

「勇者」様を自国に送り込むという、そんな大事な使命があるというのに、目の前にいるのはくたびれた男がひとり。

そして、お前が勇者になれという。

私が、なぜ？

そこまで考えてから、唐突に気が付く。

なぜ、自分はあの男の言葉が「理解」出来ているのだろう。

この紙に書かれている言語は何一つとして理解できないというのに、どうしてあの男の言葉が　分かる？

彼女は思わず自分の左の腕を見た。

その腕は、異界へ抜ける「門」の封印を破るために、神官たちによって切り落とされたはずである。

それなのに、腕はそこにある。

他にも、この腕には、忌まわしき王家の血筋である証明ともなる、大きな痣があるはずだ。二の腕に大きく墨を履いたように、綺麗な波型の紋章が。

「よし、王女様、ちょっと仕切り直そう。どうやらあなたも少し落ち着いて、何かに気がついたようだ。今なら理解もしやすかろう」

4　近衛騎士も気苦労が絶えない（伊織）

天文観測台から熱心に望遠鏡を覗き込んでいた狼頭の神官は、ゆっくりと望遠鏡から顔を離しながら顔馴染みの近衛騎士の話を〝ちゃんと聞いているよ〟という風に耳で相槌を打ち、しばらく何か考えながらメモを取ってから向き直った。

「つまりラマル殿は、第一王女サマのお側仕えの荷が重い、というのだな？」

騎士は神官の直截な物言いにぬぐ……と言葉を飲み込みかけたが、はぁと大きな溜息を吐き、本音を手繰り出した。

「そうではない、とは言い切れん。お役目を果たすという使命感とプレッシャーで浮き沈みが激しく、やや奇行が多いが職務には忠実なお方だったのだ！　しかし、召喚の儀式以降、ぱったりと部屋に引き籠られてしまってな……我が王は召喚されし者と意気投合し勇者組合設立委員会とやらの会議に出ずっぱりよ。王妃は儀式のあとすぐ離宮に入宮されて勇者組合のための人集めをされているという話だ。正直言って、この国の王族が何をされようとしているのか、さっぱりわからん！」

まぁそうだろうな、と思ったが賢明な神官は口には出さなかった。

この国は現在、未曾有の危機に立たされているが、その危機の全容を朧気ながらでも把握できている者は少ない。千年前、大陸の中央に位置する大河の氾濫を当時敵対していた魔族と手を取り合い治水を成しえた王族ですら、ここ百年で急速に巨大化した隣国の獰猛な性質に脅かされる日が来ようとは思いもよらぬ出来事であったのであろう。

ご存知の通り、国民に占める人族の割合の多い地域ほど、魔術や魔法を使える者が少なく、故に治水から建築、農業に至るまで技術革新が遅れがちになる。リードルフ王国内においては、神官や僧兵といった、魔導士協会に所属するエンティクナ語を習得せし者がそうした地域に期間限定で派遣されて現地民に技術の継承をするという教育的機能を有していたのだが、近年は高齢化と人手不足がいよいよ深刻化しつつある。また、大気中の魔素が不安定になった事で通信魔鏡がインフラとしては1日数時間しか使えない状態になってしまっており、王都と周辺地域の情報網が分断されている。吟遊詩人に千年王国と謳われた花の都なのに、一言で言うなら現在のリードルフ王国の状況は「ヤベぇ」のである。

「……イデン殿……イデン殿！」

「聞いてる聞いてる。耳元で大きな声を出すな」

この狼頭の神官は共用語のラグリア語は聞き取れるが喋ろうとすると面倒なので、人前ではエンティクナ語しか喋れませんヨーという顔をしてすっとぼけている。

「王子は召喚されし者が胡散臭い、と仰っておられてな……まぁ、あの面妖ないで立ちを見れば、そう仰られる気持ちもわからなくはないのだが……ティルギット姫が儀式に立たれると決まった際に猛抗議しておられたほどの姉思いな王子が、姫を戦場へ行かせるなど聞いたらいったい何をされるか……」

「家出するんじゃない？」

「うわ――！　やめろ！　縁起でもないわ！」

いや、だってねぇ……シスコン王子は城内でも有名だし、いよいよ異界に頼るほどの事態になっているのにバラバラで動く王族だぞ？

5　白衣の召喚者（杜屋）

「ほう！　我が娘にそのような『ちーとすきる』を与えて下さったと！」

　高級な木材がふんだんに使われた執務室で、国王は目を輝かせて「召喚されし者」の言葉に聞き入った。

「ええ。ちょっと実装には手こずりましたけどね。何しろ『向こう』とこちらでは世界の規格が違いすぎるんで」

　伸び放題の蓬髪をぼりぼりと掻き、盛大に雲脂《ふけ》を飛ばしながら答えたのは『召喚されし者』——城間《しろま》大学大学院工学研究科博士後期課程二年のハインリッヒ・ユーゲンクルツである。研究に没頭すると寝食を忘れる質で、ここ一週間ほど風呂にも入っていない。

　国王の前だというのに、まあ酷い身形《みなり》である。黄ばんだ白衣からはよく分からない薬品臭がしているし、眼鏡もフレームが歪んでおり、レンズの端が小さく欠けている。騎士ラマルに「面妖な出で立ち」と評されたのも宜なるかなである。

　しかし国王は、ハインリッヒの口から語られる異世界の知見に夢中になっており、そんなことには一向頓着していなかった。

「これで帝国の奴らに一泡吹かせてやれますなあ。あっはっは」

　国王の頭にあるのは、とにかくその一事なのである。多年隣国の侵略に苦しめられてきた国王にとってみれば、外見はどうあれ、ハインリッヒはまさに救世主以外の何物でもなかった。

　王女を『勇者』に仕立てたにも拘わらず、何故ハインリッヒがここに召喚されているのかというと——王女には結局、自分の置かれた状況が把握出来なかったからである。国王に状況を説明し、王国の理解と支援を取り付けるには、結局誰かが直接赴くしかなかったのである。

　なお、ハインリッヒが現地行きを志願したのは、彼が日本の大学にまで来てしまった人間だからである。趣味が高じて日本のサブカルチャーを偏愛する重度のオタクで、夢にまで見た異世界行きの機会とあっては、矢も楯もたまらず立候補したのも当然と言うべきであろう。

「で……娘は、いつ目覚めるのですかな」

　国王は、さすがに気遣わしげな顔になってそう訊いた。一度は贄に差し出した娘とは言え、生きて帰ったのであってみれば、やはりそこは心配になるのだろう。

　表向きには「病」と称して自室に引きこもっているティルギットだが、実際に室内で行われていたのは「勇者」属性への書き換えと、チートスキルの実装である。作業は滞りなく終わり、王女は現在、眠りについていた。

「ああ、そうですね。そろそろ起動《ブート》しましょうか」

　ハインリッヒは白衣のポケットからスマートフォンを取り出すと、研究室に電話をかけた。開けっぱなしになった「門」は人間だろうが電波だろうがＬＡＮケーブルだろうが問題なく通過するので、連絡手段には困らない。

「ああ、パウル君？　そろそろ王女を起動《ブート》してくんない？」

　電話に出た後輩に、至って暢気な調子で王女の覚醒を依頼するハインリッヒ。

『了解っす』

　パウルの方も、至って気楽なものである。

　だが——

王女は、いくら待っても目覚めなかった。

「相変わらず、王女の身体《ハードウェア》は全く反応しないそうだぞ。どうした?」

ハインリッヒは、苛ついた様子で電話口のパウルを詰問した。

『あー……それがですねえ』

パウルは困ったような声で答えた。

『魂の核《カーネル》に深刻な《フェイタル》エラーが出てますね』

「……」

ハインリッヒは、一瞬絶句した。

『スキルの実装に無理があったのでは?』

「……い、いや、身体《ハードウェア》の損傷が原因かもしれんだろう」

ハインリッヒは慌てて答えた。

『ああ、切断されたあとくっつけた腕っすか』

「幻肢痛《ファントム・ペイン》が出ていたそうだしな。身体《ハード》の認識に問題があったのかもしれん」

『どっちにしろ、一度戻って来てくれます? 僕じゃどうにもならないんで』

「……わかった」

ハインリッヒは、悄然と立ち上がった。

不安げな様子で会話を聞いていた国王は、それを見て思わず声を上げる。

「……それで、娘は」

「大丈夫です。多分」

ハインリッヒは投げやりに答えると、

「それでは、一度戻ります」

戸惑う国王を置き去りにして、執務室をあとにするのだった。

6　異世界も有線ＬＡＮ（シ）

「あ、これは詰んでるやつかも」

研究室で起動ログを見てハインリッヒは困惑した。封印は王家の紋章がキーとなってシステムの特権開放を行うものだ。当然、封印の開放中はシステムに乗っ取られている。腕だけ無理やりくっつけただけでは、紋章が本人に帰属しない。スキルは紋章をキーとして排他的に発動するため、スキル呼び出しのところで起動が止まってしまうのだ。かといってシステムが止まったらネットが通らない。無駄死にだ。それにハインリッヒのざっくりした試算では、帝国に対抗するにチートスキルは必須だ。なんせあいつらの瞬間総火力は現代日本でいう火力発電所一基くらいに相当する。

パウルが不安そうに覗き込んだ。

「これ、上位階層だけじゃ済まないやつっすよね、なんとなく」

「手術がいると思う」

「やっぱり」

双方向のＢＭＩをＬｉｎｕｘ《リナックス》のカーネルから認識させ、人間を計算機のように外から把握・干渉する技術。オーバーテクノロジーじみた手法を確立したのは指導教員の教授だ。助教時代、学会発表のさなかに中国当局に拉致されたものの、獄中から自力脱出。上海から貨物船に密航して帰国したという戦士である。その研究は衝撃と賛否をもって迎えられ、すぐさま深層学習と結合され、ネットワーク結合した集合知とＧＰＵによる脳のオーバーブーストが可能となった。これが「ちーとすきる」の原理でもある。精神の階層構造がマズローの欲求段階説に似ていたことからマズローシステムと呼ばれる。

「戻るとき、有線引いてきてよかったよ。ハブもっていった俺様えらい。マズロー最下層への精神手術をやるしかない」

異世界とのあいだにＬＡＮケーブルが引かれているという謎めいた事態。

「同意書とかどうするんすか？」

「王様に事後許諾とるしかないだろ」

「うまくいったら共著にしてくださいよ、プロワンかサイレポくらいでいいんで」

「ＯＫ。助手よろしく。目標20分以内。始めるぞ！」

二人してＶＲのヘルメットをかぶる。シンクロ率が大事だ。ティルギットの精神階層にバイパスを作って下層の物理層を上位レイヤーから直接制御可能にするのだ。

――ダイヴ！　精神手術開始！


その後半刻を経て、ティルギットは起き上がった。蒼白く輝く腕の紋章と、真紅の瞳。上空の鯨が咆哮し、王城には雷が直撃した。吹き荒れる強風。勇者というより魔王の復活のようであったという。

7　弟（重度）（藤木）

王城の国王の間に続く廊下を歩く人影が2つ。

ひとつは騎士の制服をきっちりと着込み、そして1人は腰に何か大きなものを巻きつけながら、特に意も解さずまっすぐに歩いていく。

「端的に申し上げて、この国は滅びておくべきだと思います」

「ティルギット様」

「どう考えても詰んでるわよ」

「ティルギット様」

「あと王族ってどうしてこんな自分勝手なの？　私がいうのもお門違いだとは思いますけど、どうしてみんな好き勝手なことを？　協力って言葉はどこの世界に置いてこられたの？」

「ティルギット様」

会話は物騒極まりない。しかし2人は息も乱さずにただただ会話を淡々と続ける。

「大体よ、ラマル近衛騎士団長。どうしてあなたが突然騎士団長になっているの？」

「それは私が聞きたいことですティルギット様」

「それといい加減私の腰に巻き付いている『元・騎士団長』を引き剥がしていただきたいのですが」

「無理言わないでくださいティルギット様。テオ様が騎士団長を投げ出したから、なぜか私がこうなっているんです。力で叶うはずもありませんし、それが許される身分でもございません。それこそ『勇者』であるあなたでない限り」

「放り投げていいのならとっくにそうしております」

「ああああああ私の美しく愛らしく素晴らしい努力家であり愛に満ち溢れた姉上に、あのくそ親父は一体何をしてくれたんですかあああああああ私の姉上、姉上があああああああああ」

唐突に、腰に巻き付いていた何か大きなものが声をあげてティルギットの腰にさらに必死にしがみついた。

「もうやだ僕は絶対にこの国を滅ぼす。もうこの国守りたくない。僕は姉上を連れて外に出る。異世界に行ってもいい。もうこんな国嫌だ」

姉の腰に巻き付いて、嫌だ嫌だとわんわん泣くのは、この国の第一王子、ティルギットの弟であるテーオドーアである。

この国の騎士団長にして、最強の戦力の一端でもある。王位継承者が最高戦力というのもどうかと思われるが、現国王よりも遥かに高い能力を有しており、そしてこの有事である。騎士団長にはなるべくしてなった、ということだ。

彼にとって姉ティルギットは自分の命よりも大事であり、姉が贄に捧げられることに最後まで断固として反対していた。

国がジリ貧に陥る中、追い討ちをかけるように突然の帝国軍の攻撃に対処すべく彼が指揮をとりに辺境に赴いている合間を縫って、勇者召喚の儀式が強行されたのでさる。

「民をあっさりと見殺しにしないでください」

「姉上の死を見ようとアホみたいに集まった群衆なぞどうでもいい!」

「テオ。思っていてもそういうことを大声で言ってはいけません」

どこかずれたツッコミを入れるティルギットに、しかしテオはさらに抱き締めた力を強める。

「あんな奴らのために、僕が命をかけて戦っていたなんてもう本当に自分がぼんくらすぎて信じられない。姉上、姉上。ああおいたわしや姉上どうしてこんなことに」

「諦めなさいテオ。私はとうに諦めました。とりあえず、勇者組合設立委員会の方が大問題です。ぶん殴ってでも止めますよ」

「母上はとりあえず、東の塔の最上階に幽閉しておきました姉上。母上高いところが大の苦手ですので問題ないかと」

「さすがですテオ」

8 叛逆(杜屋)

勇者組合――

それは「キミも勇者になれる! さあ、ともに救国の英雄になろう!」などという文言で志願兵を募り、マズローシステムによってチートスキル持ちの兵士を大量練成するための組織である。

BMIによって大量の知識とモーションデータ化された身体操作をインストール、更にクラウド上の計算資源のサポートによって、高い戦闘力を持った兵士を短期間で大量に練成できる――というのが、国王夫妻の目論見だった。

しかしマズローシステムは技術的に未成熟で、まして「世界」の規格が大きく異なるこの世界での施術には、まだまだ未知の点が多い。大体、成功例がティルギット一人しかいないのである。実用化にはまだ多くの日時を必要とするはずなのだが、急迫する戦況に対応するため、見切り発車での施術が既に決定されていた。

しかも管理者権限を持つ国王(とハインリッヒ)は執務室内のワークステーションから兵士の脳に干渉できてしまうため、やろうと思えば物理レイヤーを直接制御して特攻でも自爆でも好きにさせられるのだから、人道も倫理もあったものではなかった。

ハインリッヒは「どうせチートスキルで一方的に敵を蹂躙するだけだから関係ないよね♪」などと楽観的に考えていたが、中世人である国王夫妻に「人権」などという概念はない。戦況が不測の事態を迎えれば、国王が何をするかはわかったものではなかった。

「――ですので、陛下」

へたり込む国王の眼前に細剣《レイピア》の切っ先を擬しながら、ティルギットは凍てつくような瞳で己の父親を見下ろした。

「貴方には退位して頂きます」

「……ば、馬鹿な」

国王は混乱した。彼には何もかもが理解できなかった――衛兵達が一瞬で昏倒させられたことも、今まで口答え一つしたことのないティルギットが突如として自分に牙を剥いたことも、その愛娘に冷え切った軽蔑の目を向けられていることも。

「も、最早、綺麗事では国は守れぬ。それが分かっているから、お前もその身を贄に差し出したのではなかったのか」

「私がこの身を捧げたのは、民草を護るためです」

ティルギットは、突き放すように言った。

「その民を贄とするためではありません」

「では、目前に迫った帝国軍はどうするのだ。帯甲将士七万、我が国のような小国がまともに相手できる数ではない！」

そう叫んだときの国王には、さすがに一国を背負う者としての責任感が見て取れた。

「そのための『勇者』でしょう？」

ティルギットは僅かに表情を和らげて言った。

「前線には私が参ります。――テオ、貴方は国王として国を護りなさい」

「冗談でしょう、姉上」

テーオドーアは憤然として言った。

「私も参ります。――おいラマル、あとは任せた。お前が国王代行だ」

「え？　あ、ちょ」

茫然とするラマル。そんな彼と国王、そして昏倒した衛兵達を置き去りにして、勇者とその弟は戦いに赴くのだった。


――いや、残された者が、もう一人。

「……どうしたものかなあ」

部屋の隅でノートパソコンをいじっていたハインリッヒは、やる気なさげに溜息をついた。

9　帝国と魔王（シ）

通称ナーロッパと呼ばれる、少々ずれた中世風異世界。自然発生するダンジョンやご都合主義の魔法で好き勝手が可能。無駄にイケメン（あるいは美少女）の魔王。ガッチガチの貴族制度なのに、なぜか平民と一緒に学ぶ学園が存在したりする。ハインリッヒの大好きな設定のはずなのに。

「そういえば学園ってないよな、ここ」

どうしてやる気がでないかというと、どうもあのシスコン弟のせいで世界観にリアリティがないからだ。コメディ風味がすぎる。ドイツ風カッチリ設定のテーブルトークに慣れ親しんだ身としては違和感があるのだ。

そして敵側たる帝国の連中が、これまた癖がひどすぎる。今までの戦闘記録を見たハインリッヒは既視感に目がくらくらした。

「最初に航空優勢をとるとか、山岳地でゲリラ戦とか、どうよ」

兵器体系が魔法的になってるだけで、エネルギースケールは二〇世紀レベルだ。そもそもやり方がなんとも現代的だ。ウクライナに攻め入って自爆した旧ロシアの連中に見せてやりたい。

ぴろん。パウルからのメールだ。

《やっぱり背後は魔王ぽいですよ。たぶんですが帝国は操られてます。証拠ぽいのを復元したのでいくつか添付します》

「ぽい」といいつつパウルの出した文書は大したものだった。精神魔法による帝国首脳部への命令文を傍受・復元したもので、暗号化方法がこれまた非道い。

「超特異同種写像ディフィー・ヘルマン鍵共有鍵交換による暗号化……って。あのさあ、そういうのやめてくんない？」

耐量子暗号の最先端技法である。ナーロッパにあっていいものではない。だいたい魔王がなんで量子コンピューターを想定した暗号化なんてやるんだ。そしてそれを平然と復元する帝国のお偉いさんはどんな技術水準だというのか。

「あっちにも現代人がいるってことだよなあ。しかもやり方が理学部だ」

ティルギットとコメディアンの弟が何とかして済む問題じゃない。この分だと魔王本人が現代人じゃないのか。

「先生に相談するかなあ」

何とかうまい結果を出さないと、こっちは国際会議と博論がかかってるんだ。

魔王はいまだ広く存在を知られていない。民間伝承によれば、何百年か前に時の勇者によって東の山岳地帯に封印されたそうな。帝国はリードルフ王国の北方、王国の西は砂漠。そのもっと西には果てしない海が広がってる。

「そういえばティルギットって何歳くらいなんだろう……」

絶世の美少女は勇者に改造されてだいぶボーイッシュになった。非現実的な露出の防具は実にいい味を出している。

「現代人どもを叩き出さないと、イケてる異世界にならないじゃん」

と、王城の一室で恋愛ゲームををやりながら、ハインリッヒは不快そうに首を振った。

10　嫌がらせは古典に限る（藤木）

とはいえ、である。

「この『チートスキル』って改めて目の当たりにすると、大概ふざけてるよね」

ハインリッヒはモニターに次々と報告があがる戦況を見ながら苦笑いする。

テーオドーアがついていったので、もっと苦戦するものかと思っていたが（姉を庇って自分が前線に出てって自爆するとハインリッヒは割と本気でそう踏んでいた）これが以外にもこの弟が強いのだ。

流石にこの国最強の騎士だと言われただけのことはある。姉が絡むとぽんこつ極まりないが、一度戦場に出ればあの面白おかしな部分は途端に鳴りを潜めた。

レイピアで大地を打ち砕く意味不明の破壊力と勢いで敵を殲滅しまくるティルギット。その彼女がとりこぼした雑魚兵（といっても、十分にこちらの中隊長レベルの奴らばかりだが）をサクサクとその長剣で切り裂いていく。

「あれ、魔法剣じゃないの。あの面白さに誤魔化されたなあ」

ハインリッヒはうーん、と頭をガリガリと掻いて唸る。

あの弟の情けないというか、コメディなテンションを先に見てしまったせいで、今上がってきている報告があまりに嘘くさくてもはやちょっと怖い。

何あの子、何もしなくてもチートだし、本当に躊躇なくバンバン人を斬り殺している。

前線の快進撃という名の殺戮っぷりとは裏腹に、こっちではさっきから、わずか数日のうちにで近衛兵から騎士団長に昇進し、そして今現在、国王代理になっているラマルが半泣きというか、最早泣きながら元国王を縛り上げて見張っている。いっそ平和でさえある。

二〇世紀レベルのエネルギースケールを持ってる相手が、レイピアと魔法剣だけで薙ぎ倒されている光景はシュールにもほどがあるってものだ。

自分がこの小説の担当者だったら、やりすぎだと作家の頭を疑うレベルである。

「まあ、このレベルのチートっぷりを発揮してくれているなら、帝国軍はあと2時間もあれば国境突破して城落として勝鬨あげてここまで戻ってきそうな勢いだからちょっと放っておいて。さて、問題の『魔王様』ですよ。ちょっといたずらしてやりますかね」

そう呟いて、ハインリッヒは何やら手元の端末に打ち込むと、それを添えてメールを送信した。

即座にそこにパウルから返事が戻ってくる。

《あんたどんだけ悪魔なんすか。まあ一応先生には言ってみますが》

悪魔とは心外な。少なくとも現状考えられる、現代人、しかも理学系でなんとなく自分と似たような臭いがする『魔王様』には、これくらいやらなくてどうする。

できれば最高に屈辱的な方法で嫌がらせがしたい。そしてプライドを徹底的に刺激するような。思わず相手が絶叫して、ボロを出しそうなレベルで。

この界隈でこれに引っ掛かったらかなりの笑いものになるレベルの古典に限る。それもとびきり有名なもので。

「誰もが知ってて、その実中身を最先端化した別物に書き換えてやればさ。油断するんだよねこういう『天才』ってさ」

にやりと邪悪な笑みを浮かべるハインリッヒのモニターには、赤字でこう記されていた。

『LOVE LETTER トロイの木馬』と。

11 その日、世界は裏返った（伊織）

「どこのどなたか知らないけれどずいぶん余計な真似をしてくれたわね……」

昨日まではたしかに前線でティルギットとテオが猛威を奮っていたのだが、今朝になり空に忽然と現れた魔王の影が最前線で戦う両軍の兵士達に停戦を求めたことから事態は大いに迷走を始めていた。

魔王様は大塚明夫そっくりの美声なのである。魔王様はリードルフ王国共用語のラグリア語、隣国のゾルガイド語、少数民族の使用するエンティクナ語すべてを同時通訳しながら朗々たる美声で停戦を要求したのである。大塚明夫ボイスに切々と戦いの虚しさや死にゆく者の悲しみ、残される者の哀悼を語り掛けられたりしたらダメなんである。人類は美声の演説に抗えるように出来ていないのである。

「しかし姉上、このままでは戦闘意欲低下が著しく騎士達まで戦線から離脱しそうです」

　否応なしに前線は一時休戦状態となり、快進撃を中断させられたティルギットとテオは打開策を模索中。

「イデン殿が今朝の魔王による空中演説で大気中へ大量に放出された魔素を神殿で利用できそうだと報告してきました」

　近衛騎士団長になりたてのラマルは、穏健派で中立貴族の副団長へ元国王の見張りを預けてティルギットとテオのサポートに就いた。元王族の見張り役というのは生半可な人間には務まらないのである。

　ティルギットはしばし目を瞑り眉間に皺を寄せていたが、肚を据えた表情で見開き、ラマルに命じた。

「通信魔鏡が復帰次第、賢者に繋ぎなさい」

「姉上！」

「テオ……今は一刻を争うのです、使える駒はなんでも使うべきでしょう」

「しかしあれは危険すぎます！」

「そんなことはわかっています！　ですが魔素の再変換となると王宮魔導士だけでは、もはや対応し切れないでしょう」

12　賢者様現る！（本間）

　ハインリッヒが最高に屈辱的な方法で嫌がらせをしようと画策している間に、事態は、急展開していた。

「なんで、魔王が停戦を求める⁉　しかも、大塚明夫そっくりの美声で⁉」

　蓬髪を振り回して、ハインリッヒが天井を仰いだ。せっかくの嫌がらせが水の泡。いや、そっちが大塚明夫なら、こっちは若本規夫ヴォイスで巻き上げてやる！　と思ったが、それでは、どうにも理学系の戦いではなくなる。美しくない。あちらも現代人ならば、相応の戦い方で行こうじゃないか。どうやら、ティルギットは魔素を再変換して、魔王に対抗しようとしてるようだが、こちらはこちらで当初の計画通りに『LOVELETTER トロイの木馬』作戦を決行すべく、端末を操作した。


　一方、ティルギットは、ラマルに命じた通信魔鏡の復帰が出来たとの報告を受け、王国西の砂漠を越えた先の大海原の海岸にある、洞窟に隠遁している賢者に連絡を取った。

「賢者ルコンイックメルト様、ティルギットでございます。ご機嫌うるわしく存じます」

　魔鏡には茶色の頭巾を被った小さな影が映っていた。

「うるわしくなんかないわよ、いったい何の用？」

　子どものように甲高く舌足らずなしゃべり方だが、その昔魔王を封じた勇者の手助けをした偉大な賢者と言われていて、いったい何百歳なのかわからないのだ。影が揺らめき、頭巾の下の顔が現れた。見た目は幼女。しかもかわいく、居丈高。その手の趣味のものが見たら踊り出しそうである。

「恐れ入りますが、かつてあなた様が手助けして封印した魔王が復活し、隣国の帝国を操って、我が国を侵略しようとしています。お力を貸していただけませんでしょうか」

　ルコンイックメルトの眼が鋭く光った。

「魔王の封印が解けたというの？」

　ティルギットが、これまでの状況、戦況、そして今朝方起こった出来事を話した。

「しかも、魔王は空鯨同様に魔素を放出し、停戦を呼び掛けたのです」

ルコンイックメルトはやれやれと言うように肩を竦めた。

「封印とは言っても、もともと魔王はこの世界のものではなくて、異界から来た侵略者だったの、それを元の異界に戻しただけ。また、こちらにやってきて、好き勝手なことをしているのよ、帝国の誰かが召喚したんだろうけど」

破壊と混乱が趣味の輩よと事も無げに言い放った。

「では、本当に停戦を求めたのではないと?」

「こちらの戦意を喪失させて、油断したところを狙って、容赦なく攻撃してくるはず。こちらが、絶望に打ちひしがれて、恐れおののく様を見ては高笑いするでしょうね」

それが本当なら相当悪趣味である。

「魔素を再変換して、伝説の巨砲カノンの砲弾を造っていただけませんでしょうか」

ルコンイックメルトの表情が曇った。

「あれを使う気なの？　危険すぎるわ」

敵方だけでなく、味方も巻き込む恐れがある、脅威の兵器、しかも勇者しか扱えないのだ。

「一度王都にお戻りいただけませんか。『召喚されし者』であるハインリッヒ様ともお会いいただきたいです」

ルコンイックメルトは考えこんだ。王室や宮廷には内緒にしていたが、特製の通信魔鏡を錬成して使っていた。それは、数多の異界に繋がり、いろいろな異界の様子を映し出してくれて、それらを見て楽しんでいた。最近ではある異界のこみっくやあにめという絵物語が面白く、げーむという刺激的は遊戯をして、楽しく過ごしている。もともと食事は周辺の住民が貢物と称して届けてくれているので、不自由したことはない。実に快適な引きこもり生活を送っているのである。今さら面倒に巻き込まれたくないという気持ちがあり、この快適な空間から出たくなかったのだ。

「王宮魔導士たちは何してるのよ、あいつらにやらせれば……」

言いかけて、連中の手に余ることと思い直した。もし、王国が滅べば、この快適空間もなくなってしまうかもしれない。しかたないわねと重い腰を上げることにした。それに、『召喚されし者』がどんなやつなのか、気になってきた。王都に行って、この目で見てやろうじゃないのと頭巾を被りなおした。

13　賢者と魔族と駄目なオタク（杜屋）

「ロリババアキタ――(ﾟ∀ﾟ)――!!」

「誰がBBAだゴルァ!!」

開口一番、古の一行AAとともに狂喜乱舞するハインリッヒに、ルコンイックメルト（CV：釘宮理恵）の飛び膝蹴り《ジャンピング・ニー》が炸裂する。インパクトの瞬間に魔素を乗せた一撃はハインリッヒの痩躯を軽々と吹き飛ばし、執務室の壁に叩きつけて悶絶させた。

「ぼ、暴力系ヒロイン……ぐふっ」

「二人とも微妙にネットスラングが古いな……」

隣に立っていたパウルが、ぼそっと呟く。

「何か言ったかしら」

「いえCV：釘宮の暴力系ヒロインなんて二〇年近く前の流行りだなんて私は一言もぐふぉ!?」

余計なことを言ったパウルを渾身のボディアッパーで車田飛びさせると、ルコンイックメルトは執務室の隅に置いてあったハインリッヒのノートPCをのぞき込んだ。――ハインリッヒがプレイ中だったギャルゲーの画面の中で、攻略対象の委員長キャラが上目遣いにこちらを見上げていた。

「最新の『げーむ』はこんな感じなのねえ」

ルコンイックメルトは感心したように頷いた。

「私がやっているのとは絵柄も塗りも違うわね」

ルコンイックメルトの通信魔鏡は異界との通信に多少の誤差があり、少し前の異界と繋がっていたのである。……まあそんなわけで、多少ノリが古いのは仕方のないところではあった。

「……で、賢者様が何の用です」

うつ伏せに倒れていたハインリッヒが、多少ふらつきながらもなんとか身を起こす。ルコンイックメルトの打撃技にはギャグ補正が働くので、見た目の派手さに反してそこまでのダメージはない。

「魔王を再封印するために来たのよ」

起き上がりかけたハインリッヒの後頭部を踏みつけ、踵でぐりぐりと踏みにじりながら、ルコンイックメルトは不機嫌そのものといった表情で答えた。

因みに彼女の出で立ちは、異世界から入手したブラウンのフード付きジャージに、履き古しのスニーカーである。引きこもりに最適化した結果がこれだったのだが、そこにはもう賢者らしい威厳など欠片も残っていなかった。

「やめてください賢者様。こんな人でも計画の中心人物なので」

いつの間にか起き上がったパウルが、困ったような口調で制止した。派手に車田落ちして首が変な方に曲がっていたはずだが、ギャグ補正のおかげでピンピンしている。

「うっさいわね、いいからとっとと状況を説明しなさい。なんで今更魔王がこの世界に戻って来てんのよ」

そう言って眉根を寄せるルコンイックメルトの足下では、踏まれたままのハインリッヒが潰れた蛙のような声を出している。大丈夫かなこの人、と思いながらパウルが口を開こうとすると、

《私が説明しよう》

虚空に突然通信魔鏡のウィンドゥが開き、上等の夜会服を端正に着こなした青白い肌の上位魔族（CV：三木眞一郎）が姿を現した。

《久しいな、ルコンイックメルト》

14 自己紹介と志望動機（シ）

「おまえ、魔法学院の劣等生じゃないの。相変わらず服の趣味悪いわね」

フード付きジャージにセンスを問われる夜会服。

「やっぱり学院あったんだ、それでこそ」

嬉しそうなハインリッヒ。

上位魔族は名前すら明かされないまま、諸々を無視して朗々と続けた。

《我々こそは真に仏門の徒である。あまねく衆生救済、一切を輪廻からの解脱せんとするものである。我々はぬしらの誤ったマズローシステムに警告しこれを討つ。衆生は梵我合一して佛の國の徒となるべし》

インネーションが変で分かりにくい。大阪弁を話すアメリカ人みたいだ。そもそもツッコミどころ満載なのに、特殊スキルのせいで割り込めない。凶悪である。さすが魔族。

ザシュッという攻撃音とともに通信魔鏡が強制霧散した。

「うっせぇうっせぇうっせぇわ」

ルコンイックメルトは奇妙な囃子で念誦した。

ブゥン

再び通信魔境が強制出現。

《ほぅ。ぬし、衰えてないな》

「まず自己紹介と志望動機だ、三下」

《拙僧、ウサマ・ビンラディンと申す》

「やめろ」

《犬鳴山で真言を会得した魔王様の第一の配下である》

犬鳴山とは女人修験の根本道場である。大峰より古い。バスの終点から本堂まで片道二〇分くらいは登山が必要だ。滝とかがいっぱいあって雰囲気は良い。

「犬鳴山って、まさか魔王は女なのかッ⁉」

「おぉ、百合の薫り」

とパウル。魔王は己を倒しに来た勇者に「世界の半分をやろう」といって求婚するのが掟なのだ。ところが今回、勇者が女で魔王も女なのである。

「志望動機は？」

《御社の理想に共感し、微力ながら私も……》

だめだこいつもギャグの側か、とハインリッヒは自分を棚に上げて思った。

「にしても、なんで魔王が仏門なのよ」

《マズローシステムって要するに精神階層への干渉だから、うまいことやればみんなの意識をつないで一体化できるのだ。それって梵我一如の達成で、仏教の目指すところなのだ。帝国はそうやって無敵の佛兵士を量産してるから強いのだよ、フフフ》

「やばいやつじゃん」

「発想が中国共産党みたいだな」

「なるほど、それはいい着眼点だ。秋の認知科学会に共著で出しませんか？」

とハインリッヒは言った。

「で、誰がその魔王を召喚したの？」

《もちろんこの私。御朱印集めをしていたら偶然出会って、可愛かったのでつい》

だめだやっぱりギャグの側だ、とハインリッヒは自分を棚に上げて思った。

15　胡散臭さは魔王以上（藤木）

《冗談はさておきまして》

「割とどこまで冗談なのか本気で分からんのだが、どこまでが冗談なんだ？」

ハインリッヒが真顔で告げるが、ウサマは聞こえぬふりで話を続ける。

《そういうわけで我らの門下に下るのである》

「さっぱり意味がわからん」

ルコンイックメルトがばっさりと切り捨ててから、ふと静かさに気になって後ろを振り返った。

そこでは、ぽかりと口を開けたままのティルギット、テーオドーア、そしてラマルの姿があった。

「私たちが意味が分からないのだから、この子たちはもっと意味が分からないわよね」

「まあそりゃそうでしょ。正直僕ですらほとんど意味が分からない。大体なんでこっちの世界の魔法学院で劣等生やってんのに、僕らの世界に馴染んでんの」

《拙僧、多彩ゆえ、飛び抜けて優秀なものはございませんが、なんでもできるのでございます。ゆえに劣等生などと呼ばれておりますが、そこそれなりに、はい。無自覚無双系でございます》

「やれ」

「言われずとも」

ハインリッヒの言葉に、ルコンイックメルトが再び画面を強制終了させる。

「テオ、結界!!」

ルコンイックメルトの大声に、はっとテーオドーアが我に帰る。

「はえ!? は、はい!?」

反射的に手を差し出して、一気に結界を展開する。

『ブブ……バツン』

再び展開しようとした通信が、謎の音を立てて途切れる。

「バカめ。聖女よりも聖女らしい魔法を使うテオの結界なんぞあいつに破れてたまるものか。今頃向こうで強制終了食らって手酷いしっぺ返しでも食らってるでしょ。ざまみろだわ」

高らかな笑い声をあげてルコンイックメルトがふんぞりかえると、ハインリッヒも満足げに頷く。

「さすがですな賢者様。嫌がらせの方法が大層えげつない」

「貴方にはいわれたくないわね？ ところで異世界の、お前の名前は？」

そういえば、お互いの自己紹介がまだだったのである。先に味方よりも手に負えない胡散臭い奴の名前を知ったのか、と二人は思わずげんなりとした。

精神的ダメージの大きい敵は、強敵よりもめんどくさいのである。

訳のわからない通信は、いまだ意味が分からず呆然としているティルギットとラマルの目の前で、バツンバツンとすごい音を立てながら何度もつながりそうになりながら切れ続けている。

「自動接続にしてやがる、バカだねーそのうち回線焼き切れるぞ」

ハインリッヒはそう笑いながら、改めて自己紹介をした。

「というわけで賢者様、僕はハインリッヒ。呼びにくいならハインツとでも」

「うむ、ハインツ。私はこの国の賢者、ルコンイックメルトよ。適当にルメルとでも呼ぶといいわ」

16　例の仕込みはどうなったのか（本間）

お互いの自己紹介が終わり、ビーフシチューかグラタンでもできそうな異界からの来訪者『召喚されし者』ハインツことハインリッヒが、そういえばと思い出した。

「帝国に送ったあれはどうなったか、今頃は……」

独り言ちるハインリッヒに、ルコンイックメルトが聞き咎めた。

「何を送ったの？ あの異界から来たお前なら、あれかしら」

ハインリッヒが察しがよいと頷いた。

「あれですよ、あれ。ルメル殿に負けずとも劣らない、えげつない嫌がらせですよ」

イヒヒと嫌味たっぷりの笑いでノートPCを覗き込んだ。キーボードの上を指を滑らせ、首尾のほどを確かめる。

果たして、画面には、異界からの来訪者『魔王』のパソコンのデスクトップが表示されていて、ハインリッヒが操作すると、『魔王』のパソコンのデータが抜き取られてくる。

「ふむ、なるほど」

届いたデータを見ながら、ハインリッヒがにやりと笑った。

「これは最終兵器、その前に伝説の巨砲カノンとやらで帝国軍を攻撃してみようか」

ハインリッヒが言うと、ようやくティルギットが自分のターンになったと、前に進み出て来てルコンイックメルトに頼んだ。

「巨砲カノンの準備をします。砲弾を造ってください」

もともと王都に戻ったのは、巨砲カノンの砲弾を造るためだったと、ルコンイックメルトが了解して、神殿に向かった。その間にも、ハインリッヒはどんどん流れ込んでくる『魔王』のデータを眺めては勝利を確信して、ほくそ笑んでいた。


神殿には王宮魔導士たちが集まっていて、床の魔法陣上に魔素を集めて、濃度を高めていた。入って来たルコンイックメルトに気付いて、円陣を組んでいた王宮魔導士たちが、一斉に胸に手を当てて、お辞儀した。

「賢者様」

ルコンイックメルトが頷いて、濃密な魔素が漂う魔法陣に足を踏み入れた。

「くっ!?」

かなりの濃度のため、抵抗がある。だが、ゆっくりとだが、魔法陣の中心まで歩いていき、眼を閉じ、手のひらを打ち合わせて、意識を集中させた。次第に身体全体が熱くなってきて、光を放ち出した。

その手のひらを徐々に左右に開いていくと、手のひらの間に黄金の光の玉が出来上がっていく。魔素の再変換により、魔素の効果反転を施した砲弾だ。

光の玉は細かい金色の粒子を纏っていて、直径は十センチほどの大きさまで凝縮された。囲んでいた王宮魔導士たちから感嘆のため息が漏れる。

「さすが賢者様」

賞賛を受けて、ルコンイックメルトもまんざらでもない様子で、黄金の砲弾を掲げて、魔法陣を出た。

先んじて、ティルギットとテーオドーアが武器庫の奥の奥にしまわれていた砲台を兵士たちに命じて、引き出し、戦場へと向かっていた。

戦場は先だっての『魔王』の影による演説によって、両軍の兵士たちが最前線から退いていて、戦時とはいえない微妙な雰囲気が漂っていた。しかし、近衛騎士団長ラマルが気を利かせて放っていた斥候によって、帝国軍はやや距離を置いてはいるものの、戦陣を解いてはおらず、むしろ機会をうかがっている様子だとの報告が入っていた。

「賢者様の予想通り、こちらの戦意を喪失させて、油断したところを狙って、攻撃をしてくるつもりなんだわ」

ティルギットがカノンの操作台に登って、帝国側を見睛るかした。

そこに黄金に輝く砲弾を手にしてルコンイックメルトがやってきた。

大筒の閉鎖機を開けて、砲弾を装填した。

「テオ、おまえは後ろを向いて」

ルコンイックメルトがテーオドーアに手を振り、後ろを向かせた。

「いい？　砲弾発射と同時に、結界を張るのよ、思いっ切り広範囲でね」

それで、少しは王国側への影響を減することができるだろう。

「まあ、気休め程度だけどね」

ティルギットには、撃針へ例の意味不明なほどチートな破壊力を注入し、砲弾を発射するよう指示した。

17　ターゲットスコープ・オープン（杜屋）

戦場に引き出された大砲を見て、パウルは眉を顰めた。

「うわぁ……凄い骨董品だな、これ……」

「そうなの？」

ルコンイックメルトが怪訝そうに聞き返す。

「いや、どう見ても百年位前の代物ですよこれ」

そう言って、改めて目の前の大砲を見る。……大きな車輪がついた、牽引式の短砲身砲。しかもついている車輪はタイヤですらなく、輓馬牽引用の木製車輪である。現代兵器を見慣れたパウルの目には、どうしても古臭く見えてしまうのは仕方のないところだった。

特に軍事オタクというわけでもないパウルは型番までは知らなかったが、この砲はｌｅＦＨ16榴弾砲であった。105㎜22口径、総重量約1.5トンの取り回しのいい砲で、第一次世界大戦においてドイツ帝国陸軍を支えた兵器の一つではあるのだが、何しろ正式採用は一九一六年である。第二次大戦の頃には既に時代遅れとなっていた旧式兵器が、二一世紀生まれのパウルに「骨董品」と呼ばれてしまうのは、まあ仕方のないところではあった。

「確かに、百年くらい前に異世界から持ち込まれたものだけど……」

「まあ、そうでしょうねえ……」

パウルは頷いた。――そもそも、中世レベルの技術水準しかないリードルフ王国に、まがりなりにも近代的な火砲が存在しているほうがおかしいのである。実際、この世界においてはオーパーツとも呼ぶべき近代火砲を手に入れたというのに、王国の冶金技術ではまともな砲身を鋳造することも出来ず、液気圧式の駐退復座装置を再現することも出来なかったため、デッドコピーすら作ることが出来ずに今まで放置されていたわけである。

ちなみにこの兵器が王国で「カノン」と呼ばれたのは、百年前にこれを持ち込んだ異世界人（ドイツ人）が「大砲《カノーネ》」と呼んでいたからである。

何にせよ、王国の保有する火砲はこれ一門きりであった――少なくとも、ルコンイックメルトの精製した高圧縮魔力弾と、ティルギットの馬鹿げた出力の「チートスキル」に耐えられる火砲があるとするならば。

＊

色々あったが、「巨砲カノン」の発射準備は着々と進行していた。

ラマルの放った観測班と、安物の市販ドローン（ハインリッヒの私物）による偵察データに加え、気象条件その他を加味して弾道を計算、砲身に外付けしたアクチュエータに連動させて苗頭を修正。発射の衝撃と「チートスキル」の魔力圧に耐えられるように砲身を魔力強化、脆弱な木製車輪も同様に強化……無数の作業が突貫作業で行われ、そして今、なんとか最終シークェンスの手前まで漕ぎつけたところであった。

「準備完了っす、先輩」

現地で準備の指揮を執っていたパウルが、ヘッドセットのマイク越しに研究室のハインリッヒに呼びかけた。

『了解。——では巨砲カノン、発射用意』

「了解。魔力弁閉鎖、魔素充填開始」

パウルの指示とともに、ティルギットが薬室内に「チートスキル」の魔力を注ぎ始めた。

『薬室内の圧力上昇を確認。——セーフティロック解除』

「了解。セーフティロック解除」

『圧力、発射点へ上昇中。ターゲットスコープ・オープン』

ハインリッヒの指令を受けて、砲身の上部に照準スコープが現れた。目視範囲外への間接砲撃を行うのにこんなものがあっても意味がないのだが、そこは気分の問題である。

「ターゲットスコープ・オープン。魔導クロスゲージ、明度二〇」

どこかで聞いたような発射シークェンスを進行させながら、ハインリッヒもパウルも、それはもうノリノリであった。

「——いつまでやってんのよ、さっさと撃ちなさいよ」

ルコンイックメルトが焦れたように言う。

「わかってないなあ。いいところなんだから邪魔しないでくれ」

水を差されたパウルが眉を顰めると、手伝いをしていた王国兵達も一斉に同意の頷きを返した。彼らにはパウル達の言っている内容はさっぱり理解できなかったが、何か通じるものがあったらしい。

「……これだから男どもは……」

ルコンイックメルトは、額を抑えて溜息をついた。

『男の浪漫のわからん奴め』

「わからなくて結構よ!」

『まあいいパウル、続けるぞ。魔素充填一二〇%、総員対閃光・対ショック防御!』

テーオドーアが、呪文の詠唱を開始した。チートスキルを貰った姉ほどではないが、テーオドーアの持つ膨大な魔力が防御結界に変換されていく。手伝いの王国兵達も発射の衝撃波から身を守るために結界の背後に退避、地面に伏せて目を閉じ、耳を塞いで口を開けた。

「全作業員の退避を確認」

『了解。最終セーフティ解除——』

ハインリッヒはそこで一瞬間を置くと、

『——巨砲カノン、発射!』

砲撃開始の命令を下した。

そして轟音とともに放たれた直径一〇・五㎝の高圧縮魔力弾は、瞬く間に曇天を切り裂いて虚空の彼方へ消えてゆき——

18 さすが魔王様（シ）

「上出来、上出来」

着弾まで確認するすべはなかったが、目視とドローンのからの軌跡映像を見る限りは大成功だ。帝国軍の奥深く、いかにも指揮官がいそうなところにめでたく直撃。油断しているはずの敵から特大の一発を食らって帝国軍は大混乱だ。そこへラマルが反転突撃命令をたたみかける。榴弾砲なんぞが出てきた以上、もうボードゲームと割り切ってセオリー通りに突き進むしかない。

なお結果を映像確認できないのは通信魔境のせいだ。結界を解いて開くと自動接続のウサマが割り込んでくるからおいそれ開けない。劣等生も期せずしてハインリッヒたちを抑えるのに一役買っていた。

「そんなにマウントを取りたいかね、あの器用貧乏は」

ルコンイックメルトは憮然とつぶやいた。

「まあまあ。それよか、これ」

と手招きしてハインリッヒは嬉しそうだった。

魔王のデスクトップである。ウサマのいう「可愛い」がどんなものかは知らないが、その画面は果てしなく猟奇的だった。まず黒地に赤の血しぶきが飛び散る逆十字の壁紙。何だか分からないゾンビのアイコンに、レディースコミックのアプリが並ぶ。開かれたブラウザのページにはコスプレショップとドラッグ輸入代行業者と男性地下アイドルのリンク。推しもなんだかエリザベス一世のような真っ白の顔で悪魔みが強い。それでいてボイチェンの声は大塚明夫。

「……さすが魔王って感じ」

カオスすぎてルコンイックメルトも軽く引いている。

「いや、問題はここ」

ハインリッヒが示した先に青い鳥があった。

「ツイ垢特定かよ!」

「それだけじゃないんだ、こいつ俺のフォロワーだ」

「マジすか」

パウルが声を上げた。

「類は友を呼ぶっていいますもんね!」

「おいっ」

「で、魔王様、どんなツイしてんの?」

「それがまたなんていうか……」

女子力全開であった。ネイル、スィーツ、手料理、ランドとかシー、ワイン、デコったアイフォンに猫カフェ。ただし本人の写真は一切ない。

「うわあ、ギャップやば!」

今までもギャグと変態しかいなかったが、魔王は特大であった。

19 さらにたたみかける魔王様（藤木）

「あとこっちね。これみて」

「うわ」

思わずパウルが仰反る。そこには醜いネットスラングが無数に散りばめられた凶悪なツイートが並んでいた。

「魔王の裏アカだねえ。はっはっは」

「えげつないっすねあんた」

パウルは怖いもの見たさなのか、横でそのツイートを確認しては、うへえ、と声をあげている。

「いやーテンプレもここまでくるとすごいすごい。でもって、その裏アカのフォロワー見てみ?」

ハインリッヒの言葉に、パウルは素直に従ってさらにひっと声をあげる。

「ホストアカにスナッフサイトのオンパレード。これ、ホストに入れ上げて借金も相当あるぞ」

「いっそ清々しいっすねこれ」

「君たちは一体何の話をしてるんだい?」

ルコンイックメルトが二人の会話に入り込んでくる。そりゃわかる訳がないだろうと、ハインリッヒは掻い摘んで説明してやった。

途中、説明を聞いていたルコンイックメルトは何度かひい、と声を上げていたが、何かのアニメにこういうのいたんじゃない？　と聞いてみたところ、「ヤンデレ」「厨二病」「ああ、ナイスボート」などと呟いていたので、多少魔王への理解度は上がったのではないかと思う。

「つくづく他の奴らには見せられん内容だな。特にティルギットとテーオドーアには絶対に見せられないわ」

ルコンイックメルトがため息を着くと、ハインリッヒもうんうんと同調して頷く。

「えぐいにも限度ってもんがありますよ。そりゃ何が何でも元の世界になんて戻りたくないだろう。この借金の額はなあ、ほれ」

「銀行口座とか個人情報まで抜いたんですかってぎゃ!!」

今度こそ悲鳴をあげてパウルがひっくり返る。それほどの借金額がそこには記載されていた。とても返せるような金額ではない。

「これ絶対借金取りからも追われてるだろ。流石に納得だよ。どうやったらあんな怪しげなウサマなんちゃらに唆されるのかと思ったら、超弩級だわ」

「これ、『詰み』なんすね。人生終わってるところに、マジで一発逆転の転生魔王だったら、そりゃあどんな胡散臭い話にも乗ってくるだろうなあ」

そこで、二人でため息をつく。

「ああ、『無敵の人』かあ。こりゃあちょっとまだもう一悶着くらいありそう」

「無敵の人？」

ルコンイックメルトの疑問の声に、ハインリッヒはがしがしと頭を掻きながら説明を加える。

もはや失うものなど何もなく、この先良くなる兆候もみえず、借金に押し潰されそうになりながら（実際はとっくに潰れているのだが）、ホストとスナッフビデオに夢中になり、その実、表のアカウントではキラキラ女子を演じてデパコスからブランドまで買い漁り、それをSNSで投稿する。

いわゆる承認欲求モンスターだ。まさに現代社会の闇と地獄を煮詰めたような、それが魔王の正体であった。

「今あの砲撃で死んでくれていたほうが、多分すべてがうまくいくと思う」

20　ようやく魔王様と胡散臭い坊主（本間）

「今あの砲撃で死んでくれていたほうが、多分すべてがうまくいくと思う」

とのハインリッヒの思惑は外れ、魔王こと『無敵の人』佐々間心姫《はあと》とウサマなんちゃらは帝国帝都の宮城（みやぎではない）の尖塔最上階でピンピンしていた。しかし、砲撃の被害は甚大で最前線に出ていた帝国軍の第一旅団は全滅、しばらくは戦陣を整えるのに時間がかかりそうだった。

ウサマは王国と繋がっている魔鏡の通信の自動接続が、あちら側の結界によって、ブツンブツン切断されてしまうのをほおっておいて、異界から持ち込んだ小型のドローンにカメラを付けて、戦場を偵察していた。魔王のノートパソコンに映し出された惨状に唸った。

「うーん、ひどい」

さきほど、帝国軍の将軍からクレームが来ていたが、当然だろう。せっかく魔王様が戦意喪失の演説をかまして、敵が油断したところを、一気に攻め込む予定が逆にやられてしまったのだから。第二旅団の準備は進めるよう指示したが、すぐには難しい。なにか、リードルフ王国側の勢いを削ぐような手はないものかと思案しているところに声が掛かった。

「ねえぇ、ウサマちゃん、もう少し積み上げたいんだけどぉ」

ウサマが振り返ると、広々とした広間の中央に四角形型に積み上げられたグラスのタワーが煌びやかな輝きを放っていた。グラスは七段に積み上げられていて、回りに七人ほどの若い男が手に酒瓶を持って立っていた。みな、なかなかの美青年でタキシードを着ていて、物腰も上品な感じだ。その前に黒いゴスロリ風のドレスを着た若い娘が、腰に手を当てて、不満そうに頬を膨らましていた。

「あ、もうグラスが用意できないって言われたので、それで我慢して、ネッ？」

すると、猫耳を付けたツインテールを振って、地団太を踏んだ。

「やだぁ、十段でないと、つまんないんだけど！」

ウサマが困っていると、美青年のひとりが手を差し出した。

「麗しき魔王様、七段でも十分お楽しみいただけると思います。どうか、ご納得ください」

魔王と呼ばれた心姫《はあと》は、うふっと笑って、その手を握った。

「そうねぇ、ヴィルムがポッキーゲームしてくれるなら、許しちゃおうかな」

七人の中でもひと際イケメンで姿も美しいヴィルムが、手にした酒瓶を後ろの青年に渡し、テーブルの上のグラスに入っていた棒状のクッキーを摘まんだ。

「御意のままに」

そう言って、棒クッキーの端を咥え、腰を屈めて、心姫の口元にもう一方の端を差し向けた。心姫が飛び上がらんばかりに喜んで、その端を咥えた。少しづつ食べ進めていく。その様子を見て、ウサマがひいいぃと小さく悲鳴を上げて仰け反る。

「あぁっ！　このまま進んだら××しちゃうん!?」

周りの美男子軍団もハラハラとしながら、見守っている。

心姫がうっとりとした顔で、近づいてくるヴィルムの唇を待ち構えている。もう少しで…というところで、クッキーが折れた。

「あーあ！」

折れてしまえばゲーム終了、残った長さで勝敗が決まるのだが、ヴィルムの方が長かった。

「わたしの勝ちですね、魔王様」

ヴィルムが、心姫の手を取り、甲に口づけした。

「なにが望み？」

うれしそうに心姫が尋ねると、ヴィルムが真剣な眼で見降ろした。

「帝国の勝利が望みです」

心姫が三重に盛った睫毛を瞬いて、あらそんなことと軽く受け止めた。ウサマの方を向いて、手を振った。

「ウサマちゃん、あれ、やっちゃおうよ」

ウサマが先ほどよりももっと仰け反って悲鳴めいた声を上げた。

「いや、あれは、やばい！　やばいって！」

そうは言うものの、ウサマもあれを使わなければ、形勢逆転はないだろうとは思っていた。心姫がその気なら、発動できる。

脚立に乗ったイケメンズがシャンパンタワーにシャンパンを注いでいく様子を見ながら、魔法学院で自分を散々虚仮《こけ》にしたルコンイックメルトを出し抜けるとほくそ笑んだ。

21　死霊術士（杜屋）

同時刻、帝国軍第一旅団司令部跡地――

王国軍の先遣隊を率いていたシュミット男爵は、砲撃跡の惨状を見て言葉を失った。

「……これは……」

彼は王国に榴弾砲をもたらした異世界人の末裔で、その一族は代々、男爵家として王国の軍務に服している。したがって異世界の火砲については多少の予備知識があったのだが、目の前の現実は彼の知識を遙かに超えていた。

着発式の魔導榴弾《マジカル・ハイ・エクスプローシヴ》が着弾したであろう場所には巨大なクレーターができており、広範囲にわたって地表が抉り取られている。そこに存在したであろう旅団司令部の施設や人員は跡形もなく消し飛び、最早その痕跡すら止めていなかった。

爆心地から離れた箇所には四肢の欠損した死体が累々と転がっており、僅かに生き残った生存者が、巻き上げられた土砂に埋もれて苦悶の呻きを漏らしている。

帝国軍の歩兵旅団は定数六千人程度だったが、退却した残存兵力と収容された捕虜を合わせてもせいぜい生存者は二千弱。残り四千人は、この砲撃一発で戦死したものと推定されていた。

普通の榴弾が爆発した程度で、ここまでの被害は出ないはずであった。

『ちーとすきる』って奴は、ほんとに容赦ねえな……」

シュミットは呆然とした表情のままで独り言ちた。こんなものが飛び交うようになった戦場に、果たして自分はついて行けるのだろうか？

とまれ、悩んでいても仕方がない。シュミットは生存者の収容を急がせ、進撃を再開するべく指示を出そうとし――

――そのとき、突如として降り注いだ稲妻が、轟音とともに空を裂いた。

自然現象ではない。それは明らかに魔力によるものだった。

空間に魔素が満ちる。そして、シュミットとその配下の兵達が見たものは――

「……ば……馬鹿な……」

彼らは目を疑った。彼らの目の前では、遺棄された帝国兵の亡骸が――或いは四肢を吹き飛ばされ、或いは頭部を潰され、或いは腹を割かれて臓腑をぶちまけた死体の数々が、何かに操られたように起き上がっている。

そして蠢く死体どもは、一斉に王国兵たちの方を向き――

※

「彼らは呻き、蠢き、身をもたげたが、
口はきかず、眼も動かさない
たとえ夢でも不思議なこと、
死者が起ち上がるところを見るなんて」

コールリッジの一節を歌うように口遊みながら、心姫《はあと》は芝居がかった仕草で身を翻した。そしてヴィルムの手を取り、プロジェクタに投影された戦場の風景――起き上がった死体が王国軍に襲いかかる有様を背景に、

「どうかしら？」

蠱惑的な眼でヴィルムの顔をのぞき込んだ。

「な……一体……これは……」

映し出された情景の余りの悍ましさに、ヴィルムは引きつった顔のままへたり込んだ。そして片手で口を押さえ、こみ上げる吐き気に耐えながらうずくまる。

「うっ……」

「あらぁ？　男のくせにだらしないのねぇ」

心姫は愉しそうに笑った。そして嗜虐心に満ちた眼でヴィルムを見下ろし、

「床を汚したらお仕置きよぉ？」

「ひっ……」

ヴィルムが引き攣れたような悲鳴を上げる。

「気に入ってくれたようであるな、ヴィルム君。フフフ」

ウサマが邪悪な笑みを浮かべながら、ヴィルムの肩に手を置いた。

「き、貴様……一体何をした……っ！」

怒りに燃える眼で、ウサマを睨みつけるヴィルム。

「なに、マズローシステムのちょっとした応用だよ」

ウサマは意に介した風もなく、涼しい顔で返答した。

そして、彼の語るところによれば――

22　ゾンビはスパコンで（シ）

「退け！　退けーっ！」

シュミットは大ぶりに腕を振り退却を指示した。

「伝令！　パウル様かティルギット様に報告だ！」

信号弾だけでこんなわけの分からない状況は伝達できるわけがない。

「何と？」

「見たままに言え。稲妻が降って、死体が動いて襲ってきたとな！」

「魔王の仕業ですか？」

「知らん。行け！　判断は王城がする」

半刻もしないうちに話は王城にまで届いた。

「手がない死体が襲ってきただと？」

ハインリッヒは驚いた。

「目もないのにまっすぐこっちに向かってくるんです！」

「マジかよ。量は？」

「見たところ百人以上はいました」

「現場は？」

「シュミット男爵は退却を指示されました！　指示を待つとのことです」

と戦況地図を示して伝令は言った。

「死霊術だな。魔王しかできん」

と、ルコンイックメルト。

「知ってるんですか」

「死体を無理やり動かすやつだ。勇者に匹敵する魔素の制御が要る」

「対策は？　十字架とかにんにくとか？」

「んなもん効かん。アンデッドに何やっても無意味だ。消耗するだけ

だぞ」

「え」

「早く行ってシュミットに伝えろ。カノン砲第二弾をお見舞いするまで適当に逃げ回ってろって」

ルメルはそう言って椅子から立ち上がると、ティルギットに向かった。

「おいで、二発目作るよ。今度はやっこさんに直撃だ」

伝令は半分絶望しつつ、来た道を大急ぎで引き返していった。


「結局、魔素ってなんなんすか、先輩」

とパウル。

「ソフトウェア工学専攻に物理を聞くな。たぶん『非線形縮退作用素』ってやつだとは思うが」

「うぁ難しそう」

「虚数スピンをもっててファインマン経路を捻じ曲げるって聞いたぞ」

「さっぱりわかりません」

「簡単に言えば確率を重ね合わせることで、普通はあり得ないことを実現してしまうんだ。突然火が起きるとか、死体を動かすとか」

「それを魔王は扱えるってことで?」

「微弱な信号なら誰だって扱えるけどな。ウサマの通信魔境とか。大きなやつは勇者と魔王だけが扱える、というより扱えるやつを勇者とか魔王っていうんだろ」

魔導榴弾もつまりは微弱な爆発が起こりうる確率を、途方もないほど重ね合わせた結果なのだ。

「昔どこかの本で読んだなあ。タンパク質を分解して水素イオンを作って、ＡＴＰ酵素を回すんだ。それで死後硬直を抑えながら死体を動かす。自分を構成するタンパク質を燃料にして動くから、最後には骨しか残らない」

「ずいぶん現実的なアンデッドですね」

「最初のタンパク質分解からＡＴＰ酵素ってのが、そもそも普通は起こらないんだ。それを魔素で無理やり起こすのが魔王のヤバいところ。しかも百人とかでやってるんだろ」

「どうしてそんな細かい芸が可能なんですか?」

「だからマズローシステムなんだよ」


ウサマは魔王に語った。

「梵我一如は仏道の目指すところ、すなわち解脱。すなわち、マズローシステムによって一体化した集合意思」

魔王を媒介としてつながった城間大学のスーパーコンピューターは、フル稼働して一四〇人のゾンビ兵を細かく制御していた。

「これでやつら、ここに魔導弾を撃ち込むこともできますまい。なんせ魔導弾の制御を加えた瞬間、スーパーコンピューターは能力オーバーでダウンする」

「あんたバカぁ? 計算機止まったらお人形さんも止まっちゃうのよ」

心姫《はあと》はケラケラと笑った。

「心配ありますまい、魔王様。制御を失った魔導弾は発射できずに、そこで暴発するのです、ふふふ。あの規模で」

23　嫌がらせには嫌がらせを（藤木）

「あれ、やっぱり負荷すごいってことは、これ間違いなくやっぱりマズローシステム使ってるのかあちらさんも」

　ハインリッヒの言葉に、パウルが目を剥く。

「はあ？　じゃあカノン砲の第2弾撃てないじゃないですか」

「そうだなあ。暴走するよねこれ完全に」

　まるで他人事のようにハインリッヒは呟くと、ふむ、と首を傾げる。

「ラマルくん。悪いんだがちょっとルメルとティルギットとテオ呼び戻してきてくれる？」

　突然名指しされて、明らかにラマルは動揺を隠せずに肩をびくつかせている。

「ああ、なんか怖いこととかは君にはさせないから。ただ呼ぶだけだから」

「そうやって一瞬で地位が上がったり下がったり文句言われたりこき使われたり八つ当たりされたりしているので、いい加減恐ろしいにも程があるんですが」

　ラマルの怯えも最もであるが、正直今はそれに構っているどころではない。

「本当に呼び戻すだけだから。戦場行けとか言わないから。ほら行った行った」

　訝しげにするラマルがそこからいなくなり、すぐさまルコンイックメルトにぎゃーぎゃーと文句を言われながら戻ってくる。

「なんだハインツ。今それどころじゃないだろう。なんでわざわざこっちに呼び戻したの!?」

　ようやく標的が自分からハインリッヒに向かい、お説教から解放されたラマルがそそくさと逃げるのを横目に、彼はちょいちょいとむくれ顔の３人を呼び寄せる。

「結論を言うと、巨砲カノンをもう一回ぶっ放すと、この場で暴発するね」

「はあ？？？」

　心底意味がわからない、といった声をあげるティルギットに、ハインリッヒはぼりぼりと頭を掻いた。

「簡単に説明すると、さっきみたいに距離を測るとその距離を測るための道具が暴走しちゃうわけ。そうすると、カノンから弾が発射されずにその場でドカンってことだねえ」

「めちゃくちゃ軽く言う内容ではないですよねそれ」

　テーオドーアが呆れたように呟くのだが、ハインリッヒは無視して話を続ける。

「まあだからね、ウサマがこっちの自滅を狙ってるわけだよ。だからさあ、ちょっとバカみたいなことしたいから付き合ってほしい訳」

「と言ってもどうするつもりなんだ？　カノン砲が使えないんじゃ、あの大量のゾンビにされた兵士供を薙ぎ倒せないだろう。あれはすでに死んでるし、いわば操り人形みたいなもんだ」

　ルコンイックメルトの抗議の声に、彼ははいはいと軽く答えて手元の端末をみんなに見せる。

「ティルギット、君はあの威力の弾丸ではなく、あれの50分の1くらいの威力で弾を50個作るのは可能かい？」

「ええ？　ああ、まあはい、力を分散させる分には。でも、あの弾丸の大きさには保てませんが」

「大きさってこれくらになったりしない？」

　そう言って、ハインリッヒは自分の手にぎって拳を作る。

「はあ、それくらいの大きさであれば可能ですが」

「パウルくん」

「はい？」

パウルくんとハインリッヒは呼んだ。こう言う時の彼はろくなことをしないとパウルは知っている。

「ちょっと金属バット持ってきて」

24　打率10割、お姫様はオータニサン!?（本間）

ハインリッヒに言われて、パウルは異世界へ戻って、研究室から出て、金属バット調達に向かった。

大学の野球部は木製バットなので、城間大学に隣接する付属高校の野球部部室の道具入れから、金属バットを1本拝借してきた。

その間に、ルコンイックメルトとティルギット、テーオドーアは神殿に向かい、まだ円陣を組んでいた王宮魔導士たちに魔法陣上に魔素を集めるよう指示した。

「わたしが魔素を球状にするから、あなた、それをあの籠の中に入れて。テオは籠を抱えて、障壁魔法を掛けるのよ」

籠の中の魔球を保護するために、テーオドーアに障壁魔法を掛けさせた。

ルコンイックメルトが魔法陣の中に入り、両手を上げ、手の平を合わせ、魔素を包むように丸く球状にした。

ぎゅうっと握っては、ティルギットへ渡し、籠へ。握っては、渡して、籠へ。

ちょっと見、おにぎりを握るお母さんと手伝う娘と息子という体である。魔球は黄金に輝きを放ち、まもなく籠一杯になった。

魔球そのものの重さは軽いので、50個入れてもそれほど重くはないのだが、ずっと障壁魔法を掛けているテーオドーアが音を上げた。

「賢者様ぁ、もう魔法が切れます……！」

「この程度で音を上げてどうするの！　もう少し頑張りなさい！」

ルコンイックメルトが叱咤して、テーオドーアの尻を膝で蹴り上げた。

「ひっ!?」

活を入れられ、テーオドーアが悲鳴を上げて、切れそうだった魔法を掛け押し、ルコンイックメルト、ティルギットに続いて神殿を出た。

王宮前広場に向かうと、ハインリッヒとパウルが待っていた。ハインリッヒが、籠の中の魔球を見て、ほうほうと感心した。

「上出来じゃないか」

ルコンイックメルトがパウルの持っている金属バットを指した。

「こいつで打つわけね、考えたわね」

ハインリッヒがパウルから金属バットを受け取り、ティルギットに差し出した。ティルギットが初めて見るそれをしげしげと眺めた。

「あ、使い方ね、こうやるんだ」

ハインリッヒがグリップを両手で握って、後ろに振り上げ、ブンと振った。なかなかに様になっているバッテングホームにパウルが尋ねた。

「もしかして野球少年だったとか?」

いやと否定しながら、バットをティルギットに渡した。

「たまにバッティングセンターでムカつくやつの頭を殴る代わりにぶん回してた。けっこうストレス解消になるんだ」

パウルが、あまり褒められた解消法ではないなと思ったが、もしかして自分もその中に入っていたかも首筋を寒くした。

ティルギットが両手でバットを握り、両脚を広げ、先ほどのハインリッヒのように後ろに振り上げ、振り下ろした。

「あ、いや、振り上げて」

ハインリッヒに言われて、ティルギットが振り上げた。

「ああ、いい角度だ、飛距離出そうだな」

その角度で振るように言い、ティルギットの斜め前に立ったテーオドーアに魔球を投げるように身振り手振りで教えた。

「ま、やってみて」

頷いたテーオドーアが軽く魔球を投げた。

「いきます!」

ティルギットが両手に例の意味不明なほどチートな破壊力を注入し、思いっ切り振り上げた。

カコーンと金属音を立てて、魔球が戦場の最前線で蠢いている帝国のゾンビ兵に向かって飛んでいく。パウルに持たせたノートパソコンで上空を飛ぶドローンからの映像を見て、ハインリッヒがぐっと拳を握った。

「当たれ!」

見事に魔球はゾンビ兵に当たり、跡形もなく霧散した。テーオドーアが次々と魔球を投げ、ティルギットがガンガン打っていく。魔球は正確にゾンビ兵に当たっている。

「打率10割、MLBデビューしちゃう?」

ハインリッヒが会心の出来に高笑いする横で、ルコンイックメルトは椅子に座って、優雅に昆布茶を啜っていた。

25　つむじ風舞うティーグランドに（杜屋）

ゾンビ兵が次々撃破されている映像を見て、ウサマは頭を抱えていた。

「どういうことだ？　あの『チートスキル』にはスパコンを使っていないのか？　じゃあ一体どうやってスキル使ってるんだよアレ……」

キャラを作ることも忘れ、深刻な表情でブツブツと呟き続けるウサマ。心姫《はあと》とホスト軍団がそれを怪訝そうな表情で見つめているが、今のウサマにはそれに気づく余裕すらなかった。

そもそも、砲弾の弾道計算だけならスーパーコンピュータなど必要ない。着弾地点の観測ができるのなら弾着の修正はアナログな挟叉修正射法（「もっと右」とか「もう少し奥」とか）でもできるし、偏差の修正が甘かったとしても何発か修正射を繰り返せばいいだけである。大体先程の命中弾で必要な修正射撃諸元は概ね得ているのだし、そもそも周辺一帯を吹き飛ばすような威力なのだから、照準が多少ずれたところで大した違いはない。

魔力弾の生成にもまた、コンピュータは必要ない。「巨砲カノン」の砲弾を生成していたのはルコンイックメルトだが、彼女は魔力制御にコンピュータなど必要としないからである。あれだけの魔力を生身で扱える化け物など彼女くらいなものだが、それが彼女の「賢者」たる所以なのである。

だが、マズローシステムによって「チートスキル」を得たティルギットはどうだろうか？

彼女はもともと、「魔法」など殆ど使えなかった筈である。だからシステム抜きではスキルの運用など出来ないはずであり、そしてあれだけの馬鹿げた出力を得るにはそれこそスーパーコンピュータが――経路積分の操作による膨大な量の確率の重ね合わせが――必要になるはずだった。だからこそゾンビ兵の制御でその処理能力を飽和させてしまえば、ティルギットの「チートスキル」は暴走するか、最低でも使用不能になるはずだ——

……というのが、ウサマの読みだったのである。

だが現実はどうか？　食器より重いものを持ったことすらなさそうな王女様が、ティーバッティングで榴弾砲の最大射程すら超える飛距離をかっ飛ばし、しかも正確無比なバットコントロールで十数キロメートル先のゾンビ兵を次々に粉砕している。これはどう見ても、チートスキルの発動以外には考えられなかった。

だが、一体どうやって？

「わかんねー！」

苛立たしげに頭を掻き毟りながら、思わず叫ぶウサマ。だがしかし、叫んでみても現実は変わらないのだった。

そして彼の目の前で——

轟音とともに、突如として部屋の窓硝子が砕けた。

「きゃあっ！」

悲鳴を上げる心姫《はあと》に、ヴィルムが咄嗟に覆い被さる。その背中に硝子の破片が無数に突き刺さり、激痛と失血で程なく意識を失った。

茫然とするウサマと心姫。その彼らの目の前には、硝子窓をぶち破って飛来した、小さな金色の球体が転がっていた。

それは野球のボールよりも更に小さく——

「……ゴルフボール……？」

26 どっちもどっち（シ）

そして球体は、数秒も経たないうちに跡形もなく霧散した。誰が見ても明らかな魔力弾である。そして小さい。

「……あー。その手があったか」

ウサマはハインリッヒの戦略を知って舌打ちした。スパコン無しで行けるやり方だ。

「そりゃあ同時並行処理をしなければ、こんなんでも何とかなるんだ」

ハインリッヒは目線で画面に写ったものを指す。

「ご愁傷さま」とパウル。

魔王のパソコンは乗っ取られ、いままさにティルギットの打率10割を支援させられていた。

だがその処理速度が急に落ちる。

「電源抜けたかな？」

バッテリーモードになると処理速度が落ちる。そして突然電源が抜けたとすれば、普通に考えて「直撃」だ。

「ティルギット、ちょっとストップ。４発前に狙ったところ、どこ？」

「尖塔のてっぺんです」

「オーケー、上出来だ。バカは高いところが大好きだな」

ハインリッヒはけらけらと笑った。魔王サンちの居場所を補足。

「じゃあ次はその尖塔の下の方から、倒れない程度に潰していこう。退路を断つんだ」

「わかりました。でも精度が」

「頻度は落としていいよ。アンデットは全部無視していい。ただし尖塔の方はできるだけ正確に。あと現場の男爵に大至急伝令を出せるかな。尖塔の下に集合だ。塔から出てくるものは蟻一匹逃すなと」

「先輩、悪い顔してますね」

「素敵な笑顔だろ?」

無精髭のみすぼらしい男は自慢げに言った。


まさか魔王のパソコンが乗っ取られてるとは夢にも思わないウサマは、脱出ではなく、さらなる攻撃の戦略を考えた。これでも魔族初の城間大学物理学科卒業だ。偏差値78だ。医学科と人工知能学科の次に頭いいんだぞ。

これだけたくさんの弾が同じところからやってきたら、否応にも発射地点がわかるというものだ。ゾンビ兵が倒されたためにできたスパコンの余剰能力で、残りのゾンビを全部そこに転送してやる。見てろよルコンイックメルト、ぐちゃぐちゃのねちょねちょでオフチョベットしたテフをマブガッドしてリットにしてやる。

折しも優秀な現場指揮により、残存二千の帝国歩兵旅団は再編されつつあった。ゾンビ兵がいなくなっても十分対抗できると、ウサマは素敵な笑顔で考えた。

27　ことごとくが裏目（藤木）

「そら来たぞ、本当に掌の上ってのは楽しいなあ」

声朗らかに、歌うようにハインリッヒは呟くと、ちょいちょいとのんびりとお茶を飲んでいたルコンイックメルトを呼び寄せた。

「おお、呼ばれたということは出番だね?」

こちらも負けず劣らずの素晴らしい笑顔でハインリッヒの手元を覗き込む。

「そうそう、ウサマさんてば魔王ちゃんのパソコン乗っ取られてるなんて夢にも思っていないから、作戦筒抜けなのね。そしてやっぱりきたよ、こっちの打ち込んでる場所特定してきた」

「ははあ、なるほど。あちらさんはそこにゾンビを全部寄越そうと?」

「そうそう。バカだねえ。なんでこっちがその対策してないなんて思うんだろ」

「だから落ちこぼれなんだよ」

ルコンイックメルトのにべもない言葉に、流石にハインリッヒも苦笑いするしかない。そう、秀才が天才に追いつくことは可能だが、もしその天才がその秀才以上に努力した場合、どうあっても秀才は天才には追いつけないのだ。

そしてこのルコンイックメルトは、ただの天才ではない。稀代の天才かつ、今でこそ遊び呆けているが、元々は努力の天才でもあるのだ。

そしてハインリッヒは、まごうことなき天才である。

気の毒になあ、とパウルはひそかにウサマと魔王に同情した。どうあっても敵に回してはいけない人たちを敵に回しているのである。

「ティルギット、テーオドーア、ちょっとこっち来て」

目の前でめちゃくちゃに集中して狙いを定めながら、いつの間にかゴルフクラブに獲物を取り替え、見事なフォームでドライバーを振り抜いているティルギットと、ボールのセッティングと風向きの読みに余念のないテーオドーアが動きを止めて二人のもとに駆け戻ってくる。

「今、打ち出してる場所ってどこ?」

「山間部ですね。誰も人もいないですし」

そう、ボールを打っている場所こそこの王城だが、その打った瞬間にルコンイックメルトの魔法陣でこの城から遥か先、爆発の威力さえも届かない場所に移転させて打ち出しているのだ。ゴルフボール大の大きさに変えたあたりから、ルコンイックメルトの提案でその方法に変えたのである。もちろんハインリッヒは大喜びで即採用だ。

だからこそ、飛距離も正確性も確実にあがったのである。弾の大きさを小さくしたのも、要するに打ち出されている場所を大まかに誤魔化すことが目的であった。

「そこにさ、一個そのボール放り込んで大きな穴掘るとかいける？」

28　ホイホイホール（伊織）

「ははーん、ゾンビホイホイ？」

「蟻地獄がイイかな」

興が乗ってきた天才二人はキャッキャとはしゃぎながら、文字通り粘土でも捏ねるような仕草で、次作の弾を形作りはじめた。これだから暇を持て余した神々の遊びは怖いのだ。

どうやらお次はゾンビを殲滅する罠を仕掛けるらしい。あちらさんが一か所にまとめてくれるというのなら、それを利用しないのはもったいない。

「せっかくドリル型に作ったのに、ボールにするのか？」

「変形は男の浪漫なのさ」

「わかります！」

パウルくんが男の浪漫に食いついたせいで、プロペラの変形機構がてんこ盛りに追加されてゆく。

「ほどほどにせんと、魔素の消耗量が増えるぞ」

呆れ顔のルコンイックメルトに突っ込まれたが、ハインリッヒとパウルは小学三年生男児のような、イイ笑顔である。

地に落ちた衝撃でプロペラ状の刃が開き、回転しながら自動で地面を掘り進むドリル型のボールがその場でいくつか試作されてゆく。

「ティルギットはこっちの小さいタイプを打って。テーオドーアはこの重たいタイプね」

試作したボールをゴロゴロと渡された二人は、ドローン画像を見たルコンイックメルトの指示通り、小さな弾と重たい弾として射出した。

「ナイスバッティ――ン」

深さ二十メートル、直径三メートルほどの穴がドカカカッと開く。穴のほとんどは尖塔のやや北側に集中しているように見える。

「穴に集めてドカン？　うーん、埋めるのは手間だしなぁ」

ハインリッヒが顎をさすりながら呟く声に、神官が応えた。

「それでは我らが穴の底に聖なる癒しを施して落ちたアンデッドたちを即時昇天するように致しましょう」

ドローンを触媒として、イデン神官たちが手際良く浄化の魔法を付与してゆく。視えているモノには触れ得る、というのが便利な世界の理なのだ。バラけて移動する大量のゾンビは狙って狙撃せねばならないが、一か所に集まってくれたら追い込み漁で一網打尽が可能になる。

かくして、勇者たちが開けた穴に神官たちがアンデッド退治用の魔法陣を付与し、「ゾンビホイホイホール」が完成したのである。

29　釈迦《ハインリッヒ》の掌の上で愛を叫ぶ!?（本間）

魔力弾の発射地点がわかったウサマは、ゾンビ兵が倒されたためにできたスパコンの余剰能力で、残りのゾンビ兵を全部そこに転送させようとしていた。

尖塔を直撃されたため、異界から持ち込んでいた発電機が破壊され、魔王心姫《はあと》のノートＰＣの電源は内蔵電源に切り替わっていたが、転送処理には問題ない。

ただ、あまり時間を掛けられないと判断し、急ぎ再編された残存二千の帝国歩兵旅団をゾンビ兵の後方から向かわせていた。

魔力弾を発射しているのは、ルコンイックメルト、もしくは、チート能力が備わった勇者ティルギット、いずれにしても、このふたりをどうにかすれば、どうにかなる。

勿論、帝国の勝利だ。領土を広げ、王国の民草を奴隷にして、絞るだけ租税を絞り上げ、魔王心姫《はあと》と共に贅沢三昧、毎晩どんちゃん騒ぎだ。シャンパンタワーも十段にできる。心姫の覚えもめでたく、出来れば、あのにっくきルコンイックメルトを足蹴にして、うまい酒を飲みたい！　まあ、どうにかなっちゃって足蹴に出来なくても、それはそれでいいんだけど（笑）

ウサマの妄想は暴走していた。

転送されたゾンビ兵たちは、アンデッド退治用の魔法陣を付与された「ゾンビホイホイホール」に向かって、ゆらゆらと揺れながら、どんどん嵌って落ちていく。

なにしろ、ゾンビだから、前に進むしか能がない。ううぅぅと唸りながら、次々に落ちてく様はなかなかにシュールである。

そして、魔法陣に施された幻術によって、穴はただの地面に見えていたので、後ろから追ってきていた帝国歩兵旅団の先兵も気づかずに落ちていく。

「罠か⁉」

さすがに途中で気づいた指揮官が、進軍を止め、後退させていくが、それでもかなりの兵士が見えない穴に落ちてしまった。

「もはや、これまでか」

指揮官以下、帝国軍軍部は魔王の失態ではないかと不審を抱き、軍を引き上げることにした。

一方、尖塔内にいた魔王親衛隊は、魔力弾砲撃を受けて、尖塔から脱出を討ろうとしていた。しかし、尖塔外には、王国軍が迫って来ていて、出てくる帝国兵をもぐら叩きの要領で掃討していた。

「引け！」

尖塔に戻るも、魔力弾によって破壊されていて、崩落寸前、行くも地獄、戻るも地獄の状況となっていた。

尖塔最上階にいたウサマと魔王の元に戦況報告があり、ようやくウサマは「尻に火が付いている」状況に気が付いた。それでも、ゾンビ兵と帝国歩兵旅団による、どうにかしちゃう作戦が成功すれば、逆転可能なはず。偵察用ドローンの映像を見て、驚愕した。

「うえぇぇ⁉」

珍妙な悲鳴を上げるウサマに優雅にランチを取っていた心姫が、眉を顰めて寄って来た。

「どうしたの、変な声上げて」

ウサマがノーパソの画面を指さし、さらに尖塔下に王国軍が迫り、包囲していることを告げた。

そんなことになっているとは夢にも思わなかった心姫は、ヒステリックな金切り声を上げげた。

「なによ、それって、詰んでんじゃん！」

心姫に詰め寄られ、なおかつ、首根っこを掴まれて揺さぶられて、ウサマがブンブンを頭を振った。

「どーすんのよ!?」

揺さぶられてめまいを覚えながらも、思いついたのは、三十六計逃げるに如かず、遁走一択だ。

いずれかの異界に行ってしまおうとノーパソで異世界に抜ける「門」を開こうとしたが、なにせ内部電源に切り替わっているため、パワーが足りない。どこかで電源に繋げないことには、「門」を開くシステムを起動させられない。

「この異世界でそれができるところと言えば……」

恐らくはあそこしかない。

心姫の要望で遊覧用に、ReAMo（リアモ）プロジェクト研究所から拝借（つまり盗んできた）してきていた搭乗用ドローンを屋上に用意していた。

それに乗って、尖塔からの脱出を計ろうと、ヴィルムを連れて行くとわがままをいう心姫の手を引っ張って
「だめです！　うちでは飼えません！」

子犬を拾ってきた娘を叱る親よろしく言うと、屋上に向かって階段を駆け上って行った。

30　撃墜（杜屋）

心姫もウサマも本質的には刹那的な享楽主義者で、いまいち計画性というものに乏しい性格をしているが、とはいえ心姫は多額の借金を抱えて消費者金融に追われる身である。万一に備えて、一応はセーフハウスらしきものを用意してはいた。

宮城でのどんちゃん騒ぎにかまけて今の今まで存在すら忘れていたが、そこには電化製品を稼働させるための発電機を設置しておいたはずである。「門」を開くのに必要な電力が得られるかどうかはわからないが、さりとてほかに心当たりがあるわけでもない。迫り来る王国軍に追われるようにして、二人は小型電動ヘリコプター——所謂「空飛ぶクルマ」に乗り込んだ。

近年なにかと話題の「空飛ぶクルマ」ことeVTOLだが、技術的にはまだ発展途上である。最新機種でも航続距離はせいぜい一〇㎞、飛行可能時間は一〇分程度である。最大巡航速度も時速一〇〇㎞程度と、それほど速くはない。

だが、中世レベルの技術力しか持たない王国軍を振り切るのにはそれでも十分——


……なはずであった。


「ナイスショット」

華麗なスイングで一番ウッド《ドライバー》を振り抜いたティルギットに、ハインリッヒとパウルはいかにも軽薄な調子で拍手を送った。

何しろ、十数㎞離れたゾンビ兵にティーバッティングで次々と直撃弾を見舞っていたティルギットである。離陸直後で速度の上がらない小型ヘリをティーショットで叩き落とすのは、「チートスキル」の仕様からしてそう難しいことではなかった。

ローターブレードの一本をへし折られた「空飛ぶクルマ」は、バランスを崩して見る間に墜ちてゆく。

墜落した二人がどうなったかまではわからないが、いずれにせよ宮

城一帯はすでに王国軍の包囲下である。生死に関わらず、そのうち身柄を確保されて王城に引っ立てられてくるだろう。

「そういえば、捕まった魔王はどうなるんですかね」

パウルが聞いた。

「さあ?」

ハインリッヒは気のない様子で答えた。魔王が見せしめに公開処刑されようが、帝国との終戦交渉の材料にされようが、彼はそうした政治マターにはあまり関心がないのである。

「そんなことより――」

ハインリッヒは手元のノートＰＣに目を落とすと、厳しい表情で画面を見つめている。

「問題は、ウサマの方だねえ……」

31　ウサマさん頑張る（シ）

ウサマは魔法使いなのである。名字はビンラディンではないが、かっこいいのでそう名乗っている。どうせこっちの世界の連中は由来など知らないし、魔王の横に侍る悪魔神官的な立ち位置は、背後から操ってる感が出てて良い。いや、良かったのだが、もうダメか……。

ウサマの脳裏には「くすくすくす。転がるキミは本当に面白いね」といって上から目線で笑い転げるルコンイックメルトの姿がちらつく。

「くそっ、こうなったら」

魔法使いというのは普通、空を飛ぶものだ。搭乗機が墜ちたくらいでどうにかなるものではない。魔王のパラシュートがうまく開いたのを確認し、ウサマは落下中から浮遊魔法と自身への転移魔法を同時展開した。行き先?　あそこに決まってるだろ。

「テーオドーアかティルギットかラマルで、手が余ってるやついる?」

と言ってラマルをじっとみるハインリッヒ。眉間にしわがよっている。本当は前者二人が適任だけど、勝ってる戦いは続けてなんぼだし。

「わ、私めに何を」

また地位が変わるのかと反射的にすくみ上がるラマル。

「あー、ちょっとウサマとタイマン張ってほしいんだ」

「なんですか、怠慢って」

「殴り合い」

ドイツ人にしてこういう用語を知っているのは、彼が漫画少年誌を欠かさず読むオタクだからだ。

「ウサマを?　塔で捉えられたあとに、ですか?」

「いや、そうじゃない、すぐそこにいるんだ」

「?」

「じゃ、よろしく」

奴隷契約の印を埋め込まれ、沈黙の轡をはめられ、魔法拘束のロープでグルグル巻きにされたのは前国王夫妻であった。ウサマは転移してくるなり人質をとったのである。

「国王陛下に恨みはないのですよ。こちらも必要だからやってるんです。文句はお嬢様とご子息にいってください」

字に起こせば綺麗な物言いだが、地声が気持ち悪すぎるので三下感しかない。

「さて、と」

ウサマが一息ついて脅迫の文句で頭を埋めていたとき、彼はドアの向こうからキリキリキリという機械的な音がしているのに気づいた。

「?」

誰かに見られているような、なにか不吉な感じ。

そして次の瞬間、ウサマの悲劇は起こった。

32 チートとは感染する病である（藤木）

気付いた時には吹っ飛ばされていた。隣の前国王夫妻も一緒に吹き飛ばされているのが見えるのだが、そちらは綺麗な光に包まれていて何事もなさそうだ、となぜかウサマは冷静な判断をしていた。

「バリスタって普通にこんな威力出ませんよね!?」

半泣きで騒ぐのは、それでもこのバリスタに次の矢をつがえるラマルだ。

バリスタは古代から中世にかけてよく使われていた武器だ。当然王国にも普通に配備されており、移動式のそれは何故かハインリッヒが笑顔で城内の、しかもこの作戦会議の本丸である場所に持ち込んでいた。

投石器の方が威力もあって馴染みが深いので、最初はこの武器がここにあること自体を彼は訝しんだのだが。

「はいこれ、ここに乗ってね。そうしたら自動で動くから。で、ここ、ここ回すと弓を引くから」

「ええ?」

何かラマルが口を挟む間もなく、ハインリッヒは歌うように説明していく。

「はいこれ弓。ほらここにセットして、このハンドル回して回して」

「えええ?」

言われるまま、彼は弓をセットして、言われたとおりに手元のハンドルを回すと、キリキリキリと音がしだす。

「はいじゃあそっちに方向転換。んでそろそろハンドル止まった?動かなくなったら、はいこれ押してねー」

そう言われて、押した結果がこれである。

目の前の扉がすごい勢いで吹っ飛んだ。

記憶が正しければ、そこには前国王夫妻を捕らえていたはずである。まさかのとうとう下克上……と青くなったのだが、その国王夫妻は何かふよふよとした柔らかい光に包まれていた。

「そりゃまあ、バリアくらいは張るよ。あの状態で自害でもされちゃだし、何よりこの事態になるのもちょっとはねえ。想像つくっていうか」

ひょいと覗き込みながら、ルコンイックメルトがラマルの疑問に答える。

「ほらほら手を止めない。はい第2射ファイヤー」

「あああああそれにしたって威力がおかしいんですけどおおお!!」

「そりゃまあ。もうここ、完全に聖域化してるようなもんだからね」

あっけらかんとハインリッヒが答える。

「チートスキル持ちとそれに引けをとらない強さの弟と、ほぼチートと一緒の賢者、そこに異世界からやってきたこの世界にありえない技術使いに、そこで吹っ飛んでるバカもその手の技術とこっちの魔法を使うやつでさあ。もうね、ここ『異界』と一緒なんだよ。だからラマル、君ももはや仲間入り。だってずっと一緒にいるから」

そう言って、ぽんぽんと両方の肩をハインリッヒとルコンイックメルトが叩く。

「おめでとうラマルくん。今日から君も勇者だ！」

33　魔改造ナイトからの、生存戦略（伊織）

「仕上げは威力さらにUPしたいよねー」

ちょいちょいと手招きし、新人勇者（ラマル）の横に居た狼頭の神官を呼び寄せると、手彼が手にしていた錫杖に術をかけてゆく。

『聖域化している空間にはたっぷり魔素があふれてるからねー。ここはあなたたちの出番でしょ。』

にやぁ、と笑いながらエンティクナ語で神官にそう告げたルコンイックメルトは眺めの呪文を詠唱し続ける。錫杖の光はますます輝きを増し、ラマルがかまえたバリスタとその矢が輝きに包まれて形を変えてゆく。

「……」

「……」

『むう、あのいかがわしい形は……ネオアームストロングサイクロンジェットアームストロング砲……!!』

「知っているのか、ラ・イデン！」

ティルギットとテーオドーアはあからさまに目を反らし、耳を赤くしているが、パウルと、敵陣のウサマは口をパカーンと開けて目が点になっている。心姫はドン引きした顔つきで目が座り、頬をひくつかせている。ハインリッヒは笑い過ぎてすでに呼吸困難である。

『知っているも何も……ネオアームストロングサイクロンジェットアームストロング砲、略してNAS砲だというのは見ればわかるじゃないですか』

もはや誰もつっこめない空気だが、かろうじて笑い転げていたハインリッヒによる相槌が入る。

「完成度たけーなオイｗｗｗ」

「弾の核に入れたのは飢餓状態で休眠していた聖樹の種。大気中の魔素量の低下に伴い、王国ではここ百年はスタンピードが起きていなかったけど、この聖域化して魔素たっぷりの空気なら芽吹くでしょう。やつらを苗床にしておしまい！」

賢者、エグい。

ラマルはすでに手を添えるだけになってしまっているが、巨大化・変形したバリスタはもはや目を閉じていてもはっきりとわかるぐらいに輝いているし、発射は秒読みである。

34　そして、All's well that ends well（本間）

ルコンイックメルトの合図でラマルがNAS砲へと巨大化・変形したバリスタを発射した。その輝く砲弾が、敵陣のウサマと心姫目掛けて、飛んでいく。

「きゃーあああ!?」

「うそーっ!?」

ウサマと心姫は手を取り合って、迫りくる砲弾に戦慄し震えた。ウサマが咄嗟に心姫のノートPCを翳し、防御するという無意味な行動をとった。

空間を震動させ、引き裂いて飛ん来た砲弾は心姫のノートPCを直撃した。

バゴォ――――ン!!

耳をつんざくような爆音を立てて、砲弾はノートPCを破壊し……と思われたが、さにあらず、砲弾に仕込まれていた聖樹の種が、ノートPCのマザーボードに着床した。

「なに、どうしたの⁉」

てっきり砲弾に直撃され、粉々に砕け散ったと思った心姫がウサマの肩越しにノートPCを覗き込んだ。その画面には、大きな幹から色とりどりの葉や花を付けた枝が張り出している樹がうねうねと動いている画像が映し出されていた。

「なに、これ？」

心姫が手を伸ばしてノートPCに触れようとしたとき、ノートPCから緑の蔓のようなものが吹き出してきた。緑のそれは、心姫の手や身体に巻き付いていく。

「心姫ちゃん⁉」

ウサマが心姫に絡みついていく蔓のようなものを掴み、引きはがそうとした。だが、蔓はウサマにも伸びてきて、絡みついていく。

「うわあっ⁉」

蔓に絡まれたふたりは、あっという間に緑の柱のようになり、ノートPCの画面に引きずり込まれていく。身動きできないままに、魔空間と化したノートPCに取り込まれてしまった。

《なに、ここ、どこぉ⁉》

《うわ、グニュグニュしてる、キモイ、キモイよぉ》

ふたりを飲み込んだ魔空間、聖樹の中なのだが、どうも、その名には似つかわしくない、赤い粘性の壁でグニュグニュネチョネチョしていたのである。立っていられず、へたり込んだふたりの目の前に四角い窓が展開した。その窓に映った顔を見て、ウサマが指さしてわなないた。

《ルコンイックメルト⁉　おまえの仕業か、ここから出せ！》

精一杯虚勢を張る。心姫もグニュグニュしている床からなんとか立ち上がった。

《ここから出さないと、あとで後悔することになるわよ！　あたしは魔王なんだから！》

窓の中にもうひとり顔が見えた。無精髭にボサボサの頭、小汚い白衣のメガネ男がひょいと手を挙げた。

「やあ、残念ながら、そこから出すわけにはいかないんだな」

《だれよ、おまえは⁉》

そういえば、ふたりには名乗っていなかったなとメガネ男がメガネの縁をくいっと持ち上げながら自己紹介した。今さら？

「ソフトウエア工学専攻の博士課程二年ハインリッヒ・ユーゲンクルツ、お見知りおきを」

心姫がギリギリと歯噛みした。

《ハインリッヒだかなんだか知らないけど、とにかくここから出しなさいってば！》

すると、ハインリッヒは、ノートPCのキーボードを叩き始めた。魔空間に沢山の四角い窓が現れ、そのひとつひとつに浮かび上がってきたものは。

《な、なに、なんで、いやあぁぁー‼》

心姫が悲鳴を上げた。そこには、醜いネットスラングが無数に散りばめられた凶悪なツイートの数々、スナッフサイトの画像、推しのホストと肩を並べた写真（撮るのに一体何十万使ったことか）セキララなレディースコミック、デパコスやスィーツのキラキラツイート、そして、悲惨なほど膨大な借金の請求額、それらが、まるで意志を持っているかのように、ぐるぐるとふたりの周りを廻り出したのだ。

《やめてーやめてよー!!》

心姫が頭を抱えて蹲った。ウサマがその肩を抱えた。

「いやー、ここまでいっちゃってるド変態で猟奇的承認欲求モンスターとはね、さすが魔王様だ！」

心理攻撃がばっちり決まったと、ドヤ顔のハインリッヒだった。

「で、魔王様には、元の異世界に戻っていだだくことで、こちらの異世界の戦争に決着を付けようという訳なんだよ」

だからね、とハインリッヒが心姫のノートPCを門の方へと運び出した。それを聞いて心姫がまた悲鳴を上げた。

《いや、あそこに戻るのはいやーぁ!!》

ウサマが床のグニュグニュに手を突っ込む。心姫のノートPCは開きっぱなしになっていた『門』を潜ろうとした瞬間、瞬閃した。

「うわあっ！」

その場にいた全員が光の眩しさに腕で目を覆い、立ち尽くしていた。ノートPCは消え去っていた。

「ウサマ、やったな」

ハインリッヒが頭をガジガジと掻きながら、自分のノートPCに向かった。ルコンイックメルトが、どうしたのと詰め寄ると、

「ウサマのやつ、転移する瞬間に、転移座標をランダムにしたみたいだ。元の異世界でなく、どこかの異世界にふっとばされてる」

ハインリッヒのノートPCはかろうじてまだ心姫のノートPCと繋がっていて、Webカメラで外の様子が映し出されていた。

「なんだ、森？」

緑一色の森の中。聖樹から吐き出されたふたりが腰を抜かして呆然としていた。ドシンドシンと地響きがして、なにか大きなものが近づいてくる。

《ええーっ!? 恐竜!?》

ウサマがノートPCを抱え、心姫の手を握って、逃げ出していく。

そこで接続が切れ、暗転した。

ハインリッヒがふむと満足そうに振り返った。

「さて、戦争の元凶だった魔王とその手下は、異世界へ放逐した。もはやリードルフ王国の進軍を阻むものはいない、すなわち」

すっかり現状から取り残されていたティルギット、テーオドーア、ラマルたちを指さした。

「リードルフ王国の勝利ってことだよ、勇者諸君」

我に返ったティルギットとテーオドーアが手を取り合って喜び、ラマルは安堵のため息をつく。ほどなく、帝国宮城の陥落、帝国軍将軍による降伏宣言、王国軍の凱旋が滞りなく、行われた。ウサマに人質となっていた国王夫妻はティルギット、テーオドーアによって、改めて引退を迫られ、隠居し、新国王となったテーオドーアは姉ティルギットを摂政として、国を治めていくこととなった。

それらを見届けてから、ハインリッヒは、こちらに持ち込んだもろもろを片付けて、『門』の前に立った。

「まあ、もう僕の役目を終わったね、当初の目的は果たしたし、たっぷりデータも揃ったし」

これで、博士論文は楽勝だなとほくそ笑んだ。

「いくのか、ハインツ」

ルコンイックメルトが、すこし名残惜しそうな顔をして、手を差し出した。

「世話になったな、いろいろ、楽しかった」

ハインリッヒが白衣で手を拭ってから、その小さな手を握り返した。

「こちらこそ」

見送りにきた国王陛下と摂政殿下に手をふって、『門』の中へ入っていく。その姿が吸い込まれていき、『門』は閉じられ、異世界との繋がりは切れた。

ルコンイックメルトが、腰を屈め、膝を叩いてから背筋を伸ばした。

「わたしの役目も終わったな、うちに戻るかな」

王都は騒がしくてなと若い統治者たちに別れを告げ、王国西の砂漠を越えた先の大海原の海岸にある、洞窟に戻っていった。

王都の空からは、その実体が薄く消えかかっていた空鯨の姿は消えていた。空鯨からの魔素はなくなったが、魔王の残した魔素をうまく増幅させながら、細々とだが、通信魔境の使用程度なら支障ないようだった。帝国を吸収して大国となったリードルフ王国だったが、なんとか統治していけるだろうと、王城のテラスから国土を見晴るかすティルギットとテーオドーアだった。


元の世界の戻ったハインリッヒは、いろいろと勝手に進めたことで教授に小言を言われながらも、「精神階層のネットワーク結合した集合知とGPUによる脳のオーバーブーストによる魔改造であるマズローシステム実行とその成果、『ちーとすきる』の行動論的研究」なる博論を書き上げた。大満足の出来である。これなら博士号間違いなし！

そして、上機嫌のハインリッヒは、研究室の窓から青空を見上げ、軽やかに〝All's well that ends well〟とつぶやいた。《完》

シ
暗黒通信団　@ankokudan
サークルで飼われてる太めのドラ猫。締め切りになるとせっつく係。表紙と編集は丸投げした。

本間範子
ばちあたり！　@nonpi04
地味な創作小説サークルやってます。ジャンルはファンタジーやらSFやら、別ネームでBLやらwリレー小説、40年ぶりくらい……w

藤木一帆(ふじきかずほ)
猫文社　@nekofujiki1923
オリジナル小説書いてます。別名義でやってる二次創作の方が最近メイン。表紙のタイトル担当しました。

伊織
兎角毒苺團　https://tokakudoku15.hatenablog.com
創作活動20周年です、新刊出したいな～

杜屋信春（もりやのぶはる）
@mikenbisha
シとは中学校からの腐れ縁。10年くらい前にはニコニコでアイマス×将棋動画を作っていたが、飼い猫の死を契機にエタったまま。当時の視聴者でこれを読んでいる方がおられたら大変申し訳ない。

生贄王女が何故かチートスキル勇者になったら、
異世界限界マッド理系男が無双しました

2023年8月13日 初版発行

著　者　シ・本間範子・藤木一帆・伊織・杜屋信春
表　紙　藤木一帆
発行者　星野 香奈（ほしの かな）
発行所　同人集合 暗黒通信団（https://ankokudan.org/d/）
〒277-8691 千葉県柏局私書箱54号 D係
本　体　350円 / ISBN978-4-87310-269-6 C0093

乱丁・落丁は異世界に行ってきた証です。勇者に乾杯！